É TUDO INVENTADO

Camila Nicácio

É TUDO INVENTADO

© 2023 Camila Nicácio
© 2023 Quixote + Do Editora

Nesta edição, respeitou-se o Acordo Ortográfico da Língua Portuguesa de 1990, que entrou em vigor no Brasil, em 2009.

CONSELHO EDITORIAL Alencar Fráguas Perdigão, Cláudia Masini
EDITORA RESPONSÁVEL Luciana Tanure
EDITOR João Camilo de Oliveira Torres
EDITOR ASSISTENTE Guilherme Coelho e Bruna Fortunata
TECNOLOGIA DE INFORMAÇÃO Alessandro Guerra
PROJETO GRÁFICO E DIAGRAMAÇÃO Gabriela Abdalla
IMAGEM DA CAPA Francisco de Goya. *Los Caprichos, No hay quien nos desate.*

CATALOGAÇÃO NA PUBLICAÇÃO (CIP)

N582e
    Nicácio, Camila
        É tudo inventado, mas não é mentira./ Camila Nicácio –
        Belo Horizonte: Quixote+DO, 2023.
        152 p.; 12,5 x 18cm
        ISBN 978-85-66256-74-1
        1. Romance. 2. Literatura brasileira. I. Nicácio, Camila. II. Título.

CDD 869.93

ÍNDICE PARA CATÁLOGO SISTEMÁTICO

I. Romance: Literatura brasileira
Bibliotecária Janaina Ramos – CRB-8/9166

www.quixote+do.com.br
Rua Alagoas, 1.270 | sala 304 | Savassi
30130-168 | Belo Horizonte | MG
(31) 3141 1256

Haverá paraíso
Sem perder o juízo e sem morrer?

PARADEIRO, Arnaldo Antunes

Ana poderia ter ela mesma contado esta história. Mas isso não foi possível em razão de um conjunto de circunstâncias que só mais tarde ela pôde identificar. Com o recuo do tempo sobre os eventos daquela hora insólita, imagino que lamente até hoje não ter se dedicado ao que foi durante anos sua primeira paixão: contar histórias. De todo modo, não é isso o que importa para o que vai se seguir. O que importa é narrar de que modo Ana se perdeu entre estar sã e não estar. Sim, esta é a história de um adoecimento. Poderia ter sido o meu, o dos meus filhos, o da cantora famosa da internet ou o de um incógnito qualquer no vasto mundo. Mas foi o adoecimento de Ana. Note que não me refiro ao porquê de ela ter perdido a saúde, mas ao caminho que Ana percorreu até lá. E depois, o que ela fez com isso. Não serei eu, afinal, a especular sobre o que ela própria calou, por qualquer motivo tenha sido. Eu sou apenas uma narradora e este é o meu relato.

Ana Borja

É TUDO INVENTADO

Para minha Mãe
Para minha Amora
Para meu Amigo

UMA
VAGA LUZ
SOB
A PORTA

A rotina de Ana andava puxada há meses. Dez horas diárias de aulas particulares. Atenção com a casa e com algo que havia se tornado importante como a triagem do lixo, um cuidado e um fardo sobrepostos, sobretudo às terças. A ocupação com os dois filhos e a organização necessária para que eles mantivessem ainda o pai por perto. E Carlos.

Ele havia se mudado para outro apartamento, deixando pra trás rastros de um casamento bem-sucedido o suficiente para terminar sem explicações além do tédio consumado. Imagine, vinte e seis anos de relacionamento e antigos amantes vão dormir um dia sabendo que aquela noite será a última e na verdade deveria ter sido a última já havia algum tempo.

Ana parecia viver a situação do modo mais pragmático possível. Dizia para si mesma que tinha sido no final das contas relativamente feliz e que isso era mais raro do que usual. Contudo, por mais pragmática que fosse, ninguém parece poder escapar de um susto bem dado. Com Ana não foi diferente.

Entre se conhecerem e terem o primeiro filho, Henrique, foram dez anos um para o outro, sem mais nada importar. Ela gostou de Carlos de imediato e assumiu a coisa como dada. Ele também, mas dizia que não, o que se estabeleceu como um conflito de saída e até os instantes finais, quando isso não mais fazia sentido pra ninguém. Um sem-número de vezes Ana se irritou com o jeito de Carlos contar a "sua" história. *"Ah, esse é o seu ponto de vista sobre o acontecido. E esse é o meu"*, dizia ele.

Carecia de verificação? Alguém como testemunha, afirmando ou negando versões de uma história banal, uma dentre tantas outras? Não houve. O jeito com que se fecharam sobre si, se protegeram, se escantearam de qualquer tipo de vida social, não deixou rastros, não deixou memória para além da deles, em conflito, até o fim. O que não impediu, contudo, dias de companheirismo e de surpresa. E às vezes, sim, é preciso recorrer à palavra, uma autêntica alegria. Alegria nos pequenos gestos e nos grandiosos, sem que houvesse consenso sobre qual era qual. Mas isso tampouco importava.

Não tinham dinheiro, não tinham casa própria, não tinham diploma. Não tinham planos tampouco. O encontro foi para os dois como um marco zero, de onde partir, sem saber aonde chegar e o porquê de fazer o caminho até lá. Intuitivos? Talvez. Dizemos "irresponsáveis" quando ficamos velhos e tudo parece clarividência embotada de cinismo.

O que é fato, e que se impõe sobre a narrativa, é que não mais se deixaram nos vinte e seis anos que se seguiram. Do primeiro ao último instante, há treze meses e sete dias, enquanto escrevo. Tempo suficiente para se conhecerem, pensavam, inteiramente. Vá lá saber o que isso quer dizer. Por exemplo, ele sabia de cor que os três momentos apoteóticos na vida de Ana tinham sido, nesta ordem, o encontro deles, o prêmio em dinheiro por um trabalho literário, o primeiro emprego como tradutora em uma editora importante.

(Não vou entrar no detalhe agora, mas você já pode supor a vida intranquila de Ana com Henrique, seu filho mais velho, e em particular com Pedro, o caçula, por não fazerem parte daquele seleto esplendor em três atos. Mãe pela primeira vez aos trinta anos, Ana fazia parte de uma geração partida entre achar, por um lado, que o mundo estava ruim e improvável demais para ter filhos; por outro, considerar justamente que, por estar tão ruim e improvável, carecia de um incentivo, alguém mais que chegasse, quiçá, com um pouco de luz.)

Ana, por sua vez, não se deixava trair pelas impressões: sabia que Carlos tinha unhas frágeis, embora sempre metido com bricolagens; que dissimulava sua insegurança com uma capacidade de trabalho

15 EPISÓDIO 1

quase infinita e que, sobretudo, confundia de modo inexplicável, e a cada vez, o ramo fresco do orégano e do tomilho.

Nascido em uma família de profissionais liberais, Carlos foi um estudante sofrível, arrastando-se até a conclusão do segundo grau – condição para que não fosse expulso de casa, com mesada cortada e tudo o que vinha junto. Na sequência dessa *via crucis*, os pais sequer insistiram para que ingressasse em uma faculdade, tamanha era a dificuldade do filho com tudo o que exigisse um pouco mais de disciplina do corpo e ortopedia mental, como acordar cedo, se preparar para as aulas, fazer as lições, estudar para as provas, manter o quarto minimamente em ordem. Aquilo, definitivamente, não parecia ser para ele.

Que não estude, mas que faça algo, eu não estou com a vida ganha e é fora de questão que sustente marmanjo. O pai foi intratável nesse ponto e para Carlos ficou logo claro que ia ter que se virar, fazendo ele sabia lá o quê. À época, a mãe ensaiou um olhar compassivo na direção do filho, mas pensou que não valia a pena comprar uma briga com o marido e que, afinal de contas, poderia ser edificante que Carlos passasse mesmo por um par de apertos, para que emendasse. E deus que nos livre de ter um filho imprestável.

Providência divina ou não, a indisposição foi um divisor de águas na vida de Carlos. Aproveitou o clima familiar conflagrado e saiu de casa, dando início a um périplo de curtas, médias e longas estadas em casas de amigos, conhecidos, desconhecidos. Viveu um ano à moda de Vernon Subutex, o herói decaído, incompreendido, ícone de si mesmo. Pouco dinheiro, pouco banho, pouco conforto, à espera não se sabia bem do quê, até que um evento vulgar veio alterar o rumo das coisas.

A morte do pai em razão de um acidente doméstico, uma luz trocada fora de hora e um desequilíbrio marcando a fronteira entre estar sobre um tamborete e estar com a cabeça quebrada no chão.

Carlos não tinha mágoa do pai e tampouco se interessava em saber se o pai partia magoado com ele. Acreditava que tinham sido francos um com o outro no momento de se despedir no ano anterior, e era isso o que contava: eu cuido de mim a partir daqui, não quero nada, não espero nada, ainda menos o seu controle, a sua pressão.

Não se viram durante o ano que se seguiu, exceto por uma vez, e sem combinar, na porta de um prédio comercial, no qual em uma das salas Carlos se abrigava como favor de um amigo. Ali toparam um e outro, com desagradável surpresa. Sem ter o que dizer, e movido pelo susto, o filho apenas exclamou *"Pai"*, ao que este, austero, respondeu *"Passe em casa para ver sua mãe, mas faça a barba antes"*.

O que mudava a partir da morte era ter com o que se preocupar, como por exemplo o que fazer com o negócio da família, uma empresa de pequeno porte no ramo de materiais elétricos. Que merda ter que cuidar daquilo. Mas, filho único, a mãe sem aptidão para o comércio e ainda muito abatida pela morte do marido, quem teria que lidar com a questão? A experiência para administrar a firma foi a que adquiriu no seu ano de perambulação. Nenhuma.

Com vinte anos, sem curso superior e o desafio de tocar a vida com um mínimo de normalidade, Carlos conheceu Ana.

Ana desde nova disciplinada, à época no meio da graduação em Letras, só queria saber de devorar tudo o que lhe passasse pela frente – textos longos, curtos, médios, monumentais, clássicos, marginais, proscritos, injustiçados.

Não fosse a paixão algo que vem sem dar muita satisfação e consome, o encontro de Ana e Carlos teria sido dos mais improváveis.

Isso há vinte e seis anos.

*

Ana estava sofrida com a separação, mas não conseguia ceder à apelação do clichê do "amor contrariado". Não tinha sido assim, embora ela não compreendesse exatamente o porquê de a história ter desandado. Um dia, Carlos saiu de casa, com uma mala média em uma mão e sua caixa de ferramentas na outra.

Pode ter sido uma coincidência muito grande, das mais indesejadas, fato é que no exato mês da partida de Carlos, Ana começou uma longa e tortuosa viagem – que só viria, sem surpresa, deixar tudo mais azedo e incompreensível.

A primeira vez lhe pareceu a mais assustadora. Talvez pela novidade. Para ela, foi como a paixão, em que a impressão de não ter fim dura mais do que o razoável.

Depois de uma negociação penosa com Carlos sobre o final de ano e o rumo de Henrique e Pedro, Ana tomou o caminho de casa. Ela se sentia destroçada. Haviam-se encontrado no fim de tarde em um restaurante do bairro. O plano era que tudo ocorresse de forma limpa e direta, sem mais. Mas já há algum tempo havia compreendido que os acontecimentos podiam teimar em ser contraditórios e frustrantes uma vez acontecendo. Carlos estava frio, apressado e em desacordo com o calendário proposto por Ana. Irredutível, falou alto, bateu a mão na mesa, olhou para a ex-mulher com um desdém até então desconhecido para ela, e muito provavelmente para ele também. Tudo muito duro, cru, áspero. O amor é contraditório. O desamor, este parece mais coerente. Sem meio de consenso, Ana partiu, deixando Carlos à mesa ainda resmungando.

Assim que ganhou a rua, sentiu as mãos molhadas nas palmas e entre os dedos. A nuca molhada. As têmporas molhadas. Apertou o passo como que para desaparecer dali num instante entre uma pernada e outra. Embora tivesse que andar apenas cinco quadras para chegar até sua casa, Ana se viu numa espiral escura, voltando ao mesmo cruzamento. Estava com muita raiva, um touro sob provocação na arena. A raiva, esse afeto tão poderoso quanto incontrolável, doía nela, pungente, implacável.

Por que não podiam ter simplesmente conversado e tomado uma decisão em comum? Por que uma comunicação tão truncada com apenas algumas frases soltas e um constrangimento no ar? Carlos poderia ter pedido um dia a mais, um dia a menos, um dia qualquer, alterando a proposta inicial. Uma postura mais amena e poderiam, quem sabe?, ter compartilhado um aperitivo e uma cerveja.

Ele veio pra brigar comigo, Ana pensou. Ele veio pra isso. Ele que se foda. Carlos que se foda. Daqui pra frente seria assim? Se já vivemos quase trinta anos juntos e sucedeu como sucedeu, o que esperar depois dessa cena de merda? Ainda não falamos em divisão de bens. Que sorte grande ter pouco pelo que pelejar! Ainda não discutimos quem vai pagar o quê e em que momento. Vai ser uma grande merda isso. De onde ele tirou aquele vinco no meio da testa, aquele ar superior? Você que se foda, Carlos.

Quanto mais avançava em sua espiral de cinco quadras, mais se sentia arder de raiva, que podia ser também frustração e medo. Sim, medo. Imenso. Os garotos ainda meninos ou ainda novos o suficiente para depender dela (e do Carlos-que-se-foda) para quase tudo. A única coisa que podiam fazer por conta própria era ser presos. Para tudo o mais, precisavam dela. E daquele... O medo era tamanho.

Os filhos eram uma parte do drama, uma parte importante, ineludível, difícil de carregar, mas só uma parte. O que havia mesmo era Ana. Ana total. Ana irrevogável. Ana que já havia galopado vinte minutos sem chegar até sua casa. Essa era, sem dúvida, a parte mais difícil.

Noite nublada, céu baixo. Isso lhe conto eu, leitor. Para Ana não havia senso estético abordável, apenas sentia o céu na garganta, fechando tudo, e as nuvens deixando ainda mais opaca aquela hora. Uma grande pressão de fora para dentro quando, enfim, ela chegou em casa. Ali, queria apenas descansar, sozinha, os meninos tendo partido para a casa de amigos.

Morava com os filhos onde antes morara com Carlos e os filhos. Tenho que pensar também nisso. Por que continuaria nesse apartamento? Além do mais, com a tara de bricolar, o Carlos fodeu todas as paredes um pouco. Eu não vou ficar aqui, pensava Ana ao subir o primeiro lance de escadas. Faltavam três. Sem dúvida, o melhor vai ser me mudar porque essas escadas cedo ou tarde vão me dar nos nervos.

Com as mãos ainda suadas, buscou a chave na bolsa. Única coisa previsível no momento, a chave veio à mão gentilmente, com a objetividade das coisas já muito repetidas. Já no último lance, percebeu que as luzes não se acenderam com o sensor instalado na escada. Em uma noite tão miserável, por que, afinal, uma luz se acenderia como em todos os dias até então? Como que para enfrentar um destino, Ana ergueu os braços e os balançou na tentativa de sensibilizar o sensor. Mas compreendeu que, às vezes, o movimento mais singelo parece vir tarde demais.

Naquele momento, nem um segundo antes, nem um segundo depois, ocorreu o nunca ocorrido, o que para alguns é o temor de uma vida inteira, para outros apenas o estalo separando o antes já perdido e o depois imediato, com violência, sem perdão nem remorso.

Os olhos ardiam, mas não o suficiente para dissimular a cena que se desembolava diante de si: a dois metros da entrada do apartamento, Ana percebeu pela primeira vez, e de forma tão clara e tangível, uma luz sob a porta. Ela estava ali, corporificada, intensa embora pontual, num ponto preciso do chão da copa.

Não adiantava piscar, ela piscou. Não adiantava fingir que não estava vendo, ela fingiu, embora visse, embora fosse límpido. Uma luz sob a porta. Réstia, palavra tão bonita. Inútil para a hora.

Uma folga entre o chão e a porta, a luz no meio. Carlos imprestável com sua caixa de ferramentas e isso nunca reparado. Mas também nunca visto.

Uma folga da porta ao batente. Quantas vezes os pés tinham tocado aqueles degraus de modo que o corpo tivesse ângulo suficiente para mirar aquela exata mirada? Que posição específica do conjunto olhos-retina-atenção para fotografar o instante fugidio entre apagar e acender uma luz nunca vista?

Sem poesia, sem contemplação, pensou: que porra fazia aquela luz sob a porta???!!! E ainda: àquela hora da noite?!

Com as mãos ainda molhadas, Ana tocou os cabelos, realinhou-os para trás das orelhas. Um gesto usual, conotando ora dignidade, ora cansaço, e para

Ana, naquele instante, indisfarçado assombro. Era uma mulher bonita apesar de Carlos e seu vinco na testa. Mas não sabia o que fazer. Se se decidiu a entrar em casa e a verificar com seus próprios olhos foi pelo mesmo impulso com que tinha tomado todas as grandes decisões de seu caminho até ali. Aquela parecia ser também uma hora fatal.

O peito batia forte, excitava Ana, fatigava Ana. Sem titubeio, porém, ela abriu a porta e se lançou até o móvel justaposto à entrada, tateando a primeira gaveta e tirando dali a faca mais pontiaguda do faqueiro. Sem acender a luz da copa, fixou o ponto luminoso no chão, a arma em punho. Parecia ameaçadora, valente. Seria capaz de qualquer coisa naquele momento.

A base da faca se encaixava em sua mão como se fosse feita para aquele toque, aquela empunhadura e com aquela intenção. Ela só veria isso depois, mas o contorno da base marcaria a palma de sua mão por uns três dias. Tatuagem. Cicatriz.

Ana chegou a gritar para o ponto de luz? Acho que não. Esse tom almodovariano não combinava com seu estilo sóbrio, mesmo estando ela cansada e só querendo terminar o espetáculo para se banhar e dormir.

Mas Ana foi além. Personagem de si mesma, faca em punho, perfez o caminho da copa à cozinha, da cozinha ao quarto dos filhos, corredor, banheiro, ex-quarto de Carlos e Ana, seu quarto. A cada novo cômodo, Ana se projetava com a faca em riste, acendendo a luz, triunfante, a respiração acelerada e ruidosa.

A casa era só a casa. Com suas paredes maltratadas pelas intervenções de Carlos, carecendo pintura nova, e seu único corredor para solidões inteiras e uns poucos quadros. A cada investida, em espasmos, Ana se dizia, não não não, não vai ser assim, você não vai me vencer. Não! Não vai ser assim, não, tá me ouvindo? E se regozijava com a normalidade tediosa de cada canto. Uma vitória sua e de sua faca afiada.

Tudo poderia ter terminado ali, na satisfação orgulhosa de Ana em encontrar cada coisa em seu lugar. Monotonias. Mas não foi desse modo. De perto, as horas têm muitas nuances.

Assim, ao voltar para a copa, refazendo pelo avesso o caminho percorrido no pequeno apartamento, Ana se deu conta finalmente do traçado do ponto de luz até sua fonte geradora.

Pequeno, estático, discreto, num canto do móvel, um roteador de internet disparava um traço fino e constante de luz na copa ainda escura.

Não chegava a ser ranzinza, mas fazer graça e achar graça com facilidade nas coisas não era o ponto forte de Ana. De todo modo, pelo conjunto das circunstâncias, era de se esperar que pudesse ter explodido de gargalhar no centro da cena infame. Mestra do seu show, roteirista, diretora, contrarregra, atriz principal e público. Tivesse sido o dia mais ordinário, ela o teria feito. Mas, tivesse sido o dia mais ordinário, teria ela percorrido a casa com faca em punho, peito arfante? Não estivesse o sol tão ardente naquela manhã, nem mesmo o estrangeiro teria matado o árabe. Ou teria?

Se ao menos pudéssemos voltar ao início dos acontecimentos. Expectativa de plausibilidade e coerência, rarefeitas.

Ana não teve vontade de rir. Nenhuma.

Ao contrário, prostrou-se no sofá em frente ao móvel com a faca então no colo e contemplou o facho de luz pelo que deve ter sido uma longa meia hora. Era fino, descontinuava entre uma piscada e outra, e nem parecia mais tão candente. Era vaga aquela luz. Sempre estivera por ali? Ana desejou tocá-la, quem sabe para dar um pouco de concretude à coisa, como cabe ao toque em contato com o mundo. Baixou o braço e mão até o chão, abriu a palma, virou-a de um lado, tornou para o outro, tamborilou os dedos no taco, de modo que a fina linha de luz se embaralhasse entre eles. Ficou assim alguns instantes. Ela se sentia ridícula. Se sentia aliviada. Mas de que importava tanto uma quanto outra coisa? Qual era o limite entre elas? Pareciam misturados, o ridículo e o alívio, transformados em um terceiro estado de espírito então sem nome ou conteúdo. O estado-Ana. Ana cansada e mais do que nunca com vontade de banho.

A vaga luz estivera ali há anos. Ou há pelo menos quinze anos, quando em uma mexida profunda Carlos mudara o ponto da internet. Tivesse estado mais atenta durante todo esse tempo, a teria percebido noutro lugar? Naquele mesmo lugar? De que importava isso naquela hora? A volta olímpica pela casa já havia sido dada e com ela um jogo de braço, uma demonstração de força, da qual Ana havia saído perdedora. Tardava-

-lhe mesmo era uma boa ducha fria-quente, quente-
-fria, e se recolher no fundo de sua cama, no meio, com
os olhos fechados sobre o mundo, sobre a casa, sobre
si mesma, sem luz, sem réstia, sem folga entre porta e
rés do chão.

Foi o que ela fez. E sob a água do chuveiro, com
ar então mais descontraído, burlesco até, passou em
revista os últimos acontecimentos, se justificando:
não havia sido nada de tão excessivo assim, imagina
se alguém de fato tivesse invadido a casa, a escolha
da faca foi excelente!, e pensar que Carlos conseguiu
com ela cortar dois dedos em um só movimento, só ele
mesmo, um desastrado metido a *bricoleur*, coitado! Só
quero ver como vai viver sozinho sendo inábil daquele
jeito, pode ser que não viva sozinho, mas apenas sem
mim, seguramente, de todo modo, a ação foi correta,
o *timing*, a manobra, antes ter me resguardado, e que
sorte os meninos não estarem em casa, já estão de má
vontade comigo desde a separação, esse teria sido sem
dúvida um evento difícil para nós, iriam me censu-
rar: Ana, a que não percebe o que está fazendo; Ana,
a ridícula; Ana, a que se mobiliza só para o que não
tem sentido...

A pele começara a ficar vermelha com a temperatura da água e do tempo passado sob ela. Era hora de
sair, se enxugar, passar os produtos de hábito, se reves-
tir de uma segunda pele, carapaça contra sonhos ruins.

Já deitada no quarto escuro, Ana pensou novamente na réstia de luz. Estava muito cansada, é
verdade, mas uma cena dessas, francamente. Talvez

eu compre um multivitamínico amanhã. Sim, isso vai ajudar.

Com os olhos fechados, Ana só precisava dormir. Qual foi a última vez que havia dormido oito horas seguidas? Não sabia dizer. Mas isso tampouco importava. Seguramente havia preenchido as horas não dormidas com algo urgente e importante o suficiente para não esperar até o próximo sono. Ela acreditava nisso sinceramente. Cada minuto não dormido tinha valido a pena não ter sido descansado.

Ela pensava com um certo remorso apenas em um punhado de noites passado em claro. Não chegava, no entanto, a se arrepender. Raramente se arrependia. Não era o feitio de Ana. De que servia isso, afinal? Mas de algumas noites se lembrava. A casa já apagada, Carlos e garotos recolhidos, e Ana-coruja, Ana-sentinela, Ana-incansável devorando jornais, *blogs*, *sites* de notícias, todos eles, em todas as línguas que dominava, notícias de toda ordem, as minutadas em palavras expressas, as detalhadas em investigações minuciosas, as combativas e cheias de intenção em tribunas inflamadas.

Nos últimos anos, havia mergulhado em um *loop* de mídias, todas elas. Ando perdendo muito tempo nisso, pensava. Mas como se desinteressar do mundo e do que há nele? Ainda que as notícias não estivessem valendo muito a pena, Ana não queria se sentir fora daquilo, como que alheia a seu entorno, a vida abrangente e inexata. Saber o que se passava, quem falava o quê, o rumo eventual das coisas tidas como sérias, deixava-a pertencer àquilo, àquele mundo cão. E ainda mais depois que Carlos deixara o apartamento. Entre estar em casa e cuidar de tudo o que uma casa precisa para funcionar, assegurar que as aulas fossem com o mesmo padrão de sempre, alto, pois Ana jamais aceitaria menos do que isso, levar os filhos no melhor ritmo possível fosse nos estudos, na disciplina, nos cuidados de si, o que isso quer dizer quando se tem 14 e 16 anos?... e, finalmente, não se desconectar do grande mundo e sua teia.

Ana estava convencida de que podia fazer tudo isso. E com certo talento. Esse tipo de pensamento rondou seu relaxamento, seu quase sono naquela noite. Talvez tivesse sido mais simples fechar os olhos e deixar a cortina da pálpebra se fechar sobre o resto. Ana se lembrava que desde menina fora intrigada com a luz dentro dos olhos. Olhos fechados e que veem ainda assim, de dentro. O que se acentua com o cansaço, com o sono, com a vontade de mandar tudo praquele lugar. Fecham-se os olhos de fora, com as pálpebras descendo por sobre eles, abre-os por dentro, o cristalino teso, aceso, vibrante. Não há escuridão que apague. Ao contrário, algo flameja, crepita. Fagulhas querendo pular olho afora, desvelando finalmente a realidade apenas dissimulada.

Se pelo menos eu tivesse fumado alguma coisa ou bebido aquele *drink* a mais! Do nada, do zero, faca em punho investindo contra o abismo? Ana, Ana, o que faço com você? Já te banhei, já te esfoliei com sabonete de ervas. Agora você tem mesmo é que dormir.

Amanhã o dia será puxado, já vou logo avisando. Um, dois, três e já, durma. Ela costumava fazer esse tipo de brincadeira com os filhos quando crianças. Passou rápido esse tempo. Estivera ali? Hesitava. Sim, o suficiente para prover o necessário; o mínimo que faz diferença entre uma mãe e uma tutora; de fato muito pouco para o que realmente conta, sobretudo para eles. Àquela hora não seria, contudo, a hora de fazer esse acerto-balanço. Precisava dormir.

Com as mãos no colo respirava para sentir o subir e descer do ventre, um movimento de acalmar bebês e afins. Os olhos foram cedendo, os músculos cedendo, pensamento cedendo. Agora era só se deixar levar. Barriga sobe, barriga desce. O momento anestesiado. A hora limite de entregar o corpo para a noite escura, nesse instante sem amanhã, sem preocupação, sem intenção. Só repouso e dádiva. Ana embarcava, mansamente, o corpo que adormece mais pesado do que o corpo quotidiano, e ao mesmo tempo mais leve porque ligado a nada, ao vazio absoluto do corpo igual, o de Morfeu.

De repente, se produziu o que se produziu. Um instante. Intenso, pungente, febril. Ana, na passagem, um pé lá outro cá no seu estado-sono, imóvel na cama, abriu os olhos com pavor e euforia, definição provável de pânico, e pensou consigo, gritou por dentro: eu não verifiquei debaixo das camas!

Aquela luz, aquela vaga luz sob a porta...

FOLHAS VISCOSAS NO FUNDO DA ÁGUA

A paixão por Carlos tomou todo o espaço. Como um líquido carmim em vasos comunicantes, foi aderindo à vida de Ana, pedaço por pedaço, se expandindo, desimpedido e impertinente, com a fúria dos vinte anos de ambos. Apenas o mais aleatório dos cálculos explica não terem engravidado tão logo começaram a relação. Henrique só chegaria dez anos depois, e ali sim, por um golpe de ironia, escapando a todo e qualquer planejamento.

Por um convite interposto entre conhecidos de amigos e amigos de conhecidos, foram se encontrar naquela noite na varanda.

Carlos, desinteressado de seu entorno e já um pouco alto, tinha a cabeça cheia de pensamentos contraditórios. O pai não podia ter morrido um pouco mais tarde? Que coisa mais estúpida deixar a cabeça se arrebentar no chão numa troca de lâmpada! Sempre muito prepotente, muito dono da razão, ter que se haver com uma morte ridícula dessas. Se bem que quem está tendo que se haver com isso sou eu e a velha. Vai pra puta que o pariu. Que se contorça debaixo da terra. Como eu me contorço aqui com essa cerveja quente e minha mãe em casa, contando os dias. A zanga que teve comigo quando caí da moto??? Precisava daquilo tudo? Carlos não perdoava. A clavícula finalmente quebrada no tombo doeu menos do que os insultos, a bronca infame e desmesurada, na frente de conhecidos e de passantes. Um episódio dentre tantos de recíproca incompreensão.

Para ele não havia nada mais cretino que um homem controlador, autoritário e irascível como o pai se deixar morrer por um tamborete desequilibrado. Agora acabou, não tem mais. E não vai fazer falta. Um pouco, vai sim. Morto mortinho. E eu aqui com essa cerveja quente, só me falta mesmo uma dor de barriga fora de casa. Que merda. Mais de trinta pessoas numa mesma varanda e ninguém se tocou que não dá pra ficar na mesma batida?

Se pelo menos soubesse dançar, Carlos tomaria a pista da sala, esbarrando daqui e dali, buscando o contato do corpo quente dos outros, deixando-se levar perdido na luz rarefeita do ambiente. Era disso que Carlos precisava. E, a despeito da sua falta de jeito, se lançou, começando sobre os próprios pés, sem sair do lugar, em um movimento quase estático. Parecia querer despertar parte por parte do corpo, anestesiado pelo calor e pelo peso dos últimos dias. Aos poucos, tudo se encaixava, o balanço lento dos braços, a flexão quase imperceptível dos joelhos, a rotação do pescoço sob os olhos fechados.

Dançava uma música de dentro, visivelmente mais lenta e sensual do que a de fora. Destoava dos demais. Das muitas camadas dentro de uma música, Carlos escolhia a de fundo, a pulsação mínima, hipnótica e sutil. Vibrava submerso em uma nebulosa de suor, calor e barulhos gerais. Conversas, copos estalando sobre outros copos, buzinas ao longe. A sensação de bem-estar parecia inusitada para ele e patente para quem o observasse.

E Ana o observava.

Talvez tivesse sido a única na varanda. Percebia seu rosto se distendendo aos poucos, o tronco pendulando sem preocupação com o espaço, os cabelos muito pretos caírem sobre os olhos e voltarem para trás na vibração de Carlos, alheio a tudo. O que chamava a atenção na cena era exatamente esse alheamento, que Ana, sem saber de Carlos, lia como uma entrega frágil e fascinante, que a fazia querer dançar também. E foi sem protocolo algum que ela se aproximou de Carlos, se encostando nele como em um futuro amante, costas com costas.

Sem esboçar a menor surpresa, ele se deixou encaixar naquele corpo, entrando com ele em movimento, calcanhares, pernas, nádegas, clavículas.

Apenas um palmo mais alto do que Ana, ele tombou sua cabeça sobre os ombros dela, virando-se de lado e identificando, pela primeira vez, seu perfil. Ela ria com a boca levemente aberta e os olhos apertados, o que Carlos identificaria a partir daquela noite como um signo de prazer, sem reserva nem pudor. Dançaram mais uma boa hora e saíram juntos da festa. Queriam uma bebida gelada na noite escaldante. E, sobretudo, queriam se ver com um pouco mais de luz. A história deles começava ali.

*

Nos primeiros dias após a partida de Carlos, a lembrança daquela noite vinha com frequência ora assediar, ora confortar. Com quase cinquenta anos, Ana não imaginava viver de novo um encontro como aquele, o que de alguma forma lamentava, pois a paixão, com seu alvoroço, sempre havia despertado nela um potencial de trabalho e criação. Sua primeira paixão tinha-lhe rendido um concurso de redação ainda no ensino fundamental, quando, com a caligrafia redonda de uma recém-alfabetizada, inventou a história de dois besouros amantes. A segunda, por Carlos, fulminante como ela soube ser, colocou-a em um outro patamar, alçando-a como jovem promessa da literatura nacional, com um prêmio em dinheiro e alguma notoriedade. De modo que a parte que a atormentava nas lembranças era pensar infantilmente que ficar sem Carlos era ficar sem moto-contínuo, sem prêmio, sem palavra. Ela sabia o quanto isso não fazia sentido, e o quanto estava, há tempos, distante dos textos, mas a autocomiseração dos primeiros dias após a despedida lhe deixava rendida aos lugares mais comuns, o que, de resto, ela sempre detestou.

Já a parte de conforto das lembranças se associava à percepção de que o casamento já durava demais, e que, sem poder se amalgamar e virar uma coisa só (o que teria sido prático sobretudo nas questões como triagem de lixo e reuniões de pais), ela e Carlos se desnaturavam, se perdiam na banalidade e crueza do quotidiano, em que cada um parecia apenas seguir a sina de casados, um arremedo da alegria dos primeiros tempos.

Entre conforto e assédio, o que Ana temia não era necessariamente ficar só. Temia, sim, ter que inventar uma outra carapaça para viver o novo momento. Recomeçar de algum lugar. Rever rotinas e hábitos. Separar o que era seu e o que tomou de empréstimo. Redescobrir o gosto pelo que ficou pra trás, sem prioridade. Correr riscos para além da vida organizada e com alguma segurança material. Fazer um balanço do quanto gostava, se gostava e de para onde foi o seu caminho até então. Ana, já cansada do batente, se extenuava com tais conjecturas.

*

O mercado das aulas particulares florescia já havia alguns anos, quando falar língua estrangeira havia perdido em distinção e se tornado parte do passaporte para a vida social, profissional, amorosa. O tempo da circulação, mais do que qualquer outro, era o tempo de Ana. Circulação de coisas, pessoas, dinheiro, identidade, informação, desinformação, línguas, culturas, sensibilidades, manias, marcas, perigos...

A literatura não era página virada na vida dela, mas a época do relativo reconhecimento obtido quando mais jovem parecia estar a léguas de distância, embotada entre faturas e planos de viagens não realizadas.

Carlos havia preparado há algum tempo um canto da casa como escritório para Ana, onde ela recebia entre oito e dez estudantes por dia. Gostava daquilo? Talvez. As línguas, ricas por tornar possível o mundo que existe para cada um, eram para Ana um objeto de interesse, precioso e vibrante. Mais do que um instrumento, uma ideia. Naquela época, que as aulas não fossem sua primeira opção não passava de um detalhe entre a chegada e partida de um novo aluno. Por se recusar a viver em frustração permanente, tentava fazer do momento seu tempo de criação, ainda que a fonologia, a morfologia, as regras de sintaxe não se cansassem de ser iguais entre uma aula e outra. Determinada, Ana enfileirava as seções, com pausas muito breves para o mínimo essencial: ir ao banheiro, tomar água, esticar as pernas, dar instruções a Carlos sobre compras e a casa, conferir o que os filhos aprontavam.

Durante anos seu cotidiano funcionou dessa forma.

Se foi bem-sucedida ou não era algo difícil de mensurar no calor dos acontecimentos, quando tudo depunha contra: o que se fez, o que não se fez, o que nem se pensou em fazer. Ocorreu que, após a separação, Ana redobrou o afinco com que se metia nas coisas, em todas elas, as aulas careciam ser ainda mais bem preparadas, a casa mais em ordem, a geladeira cheia, o lixo triado, as plantas devidamente aguadas, as notícias todas rastreadas e bem sabidas. O vácuo da despedida, que geralmente é acompanhado de apatia e marasmo, havia deixado Ana, ao contrário, em um estado de agitação e voluntarismo sem precedentes. Tudo urgia, tudo queimava. O choque era inevitável. Com os filhos. Com ela mesma.

Henrique, o mais velho, foi o primeiro a soar o alarme. Reclamava da mãe distante, da mãe ausente, e ainda assim controladora. Como imaginar que a necessidade de escapada e embriaguez de Ana fizesse sentido para adolescentes que queriam, no máximo, só cuidar de si? De temperamento mais explosivo, Henrique não demorou a demonstrar sua estranheza e em seguida sua crescente revolta contra a tirania da dor de Ana.

As discussões começaram a se repetir com uma frequência indesejada para ambos, disparadas, na maioria das vezes, por questões banais como a hora do banho, o tempo do banho, a ordem do banho. Ana queria mais cooperação dos filhos no cuidado com a casa, ao mesmo tempo em que esperava deles mais dedicação aos estudos e – isso lhe parecia o ponto mais importante – menos julgamento em relação à saída de Carlos do convívio familiar.

Henrique – porque se impunha, aumentava o tom de voz, escolhia as melhores palavras para magoar e não hesitava em reprovar o encapsulamento da mãe – foi se transformando para Ana em um antagonista previsível, embora indigesto.

Foram se acomodando em uma rixa surda, em que o mais importante era ter a última palavra, ainda que não ouvida e retida por ninguém. Ana saía sempre ganhando com folga, embora não tivesse nada o que comemorar. Ao contrário, se condoía com a ruína generalizada em seu universo doméstico.

A dificuldade em se comunicar com Henrique foi, contudo, apenas o prelúdio para uma degradação maior: a impossibilidade de acessar o filho mais novo, Pedro.

Desde a partida de Carlos, a troca entre os dois se resumia a frases mirradas e muito objetivas. Um pacote mínimo para tocar a vida em comum, inabitual até mesmo entre estranhos. *"desça o lixo ao sair"*, *"passa o café, por favor"*, *"o leite acabou"*. A cada investida de Ana, e é verdade que eram bem poucas para além dos comandos gerais com a arrumação e horários, Pedro parecia ouvir com alguma atenção, antes de acenar com a cabeça, sem oposição às injunções da mãe, e retornar ao quarto. Sua aparente servilidade parecia apenas dissimular o desprezo que nutria por Ana.

O que a mãe sabia sobre a vida do filho? Que andava enrolado no colégio? Que com 14 anos não tinha ainda tido nenhuma namorada? Que passava horas a fio trancado no quarto em frente ao computador, invariavelmente sob pretexto de estudar? Que apenas tolerava o irmão mais velho? Fragmentos.

De todo modo, Ana não era o tipo que se pergunta sobre como uma criança dócil e amorosa se torna um E.T. inacessível e sem assunto. Era evidente e tinha que fazer parte da equação: a idade era um fardo em si. A famosa "invasão por dentro", adolescendo, nem homem nem menino, Pedro não seria nem o primeiro nem o último a padecer com espinhas, dúvidas e pudores.

Nos meses anteriores à saída de Carlos do apartamento, ele tinha tido pelo menos dois acessos de raiva, que se chocavam a princípio com sua postura soturna e pouco reativa. Cenas grotescas como a tentativa de arrancar um filtro de água instalado na parede e, talvez mais preocupante, o arremesso de um prato cheio de comida na direção de Henrique. Tidos como adversidades da idade, sob o pano de fundo de uma crise de pais à beira do divórcio, os episódios foram abordados com firmeza pelos pais, embora sem que se acendesse qualquer alerta. Foram pontuais, e no intervalo de algumas semanas era como se nada daquilo tivesse ocorrido. Novamente o silêncio de costume e as meias-palavras por parte de Pedro se instalaram na rotina da família.

Nos últimos meses, além do alheamento do filho, Ana via emergir um tipo novo de frieza. Era como se Pedro não estivesse ali. O homem-menino que não estava lá. Era o corpo de Pedro sob a água do chuveiro, a sombra de Pedro no corredor entre a cozinha e o quarto, o mastigar quieto de Pedro entre uma garfada e outra, sem que, no entanto, o garoto manifestasse qualquer sinal de si, qualquer interesse pelo mundo ao redor, sua ordem aparente, sua tristeza irrevelada.

Ana acompanhava com crescente apreensão a evasão do filho. Para onde? Com quem? Por que motivo? Ainda que pudesse supor um punhado de razões, ou pelo menos uma forte razão para o comportamento de Pedro, Ana se sentia incapaz de tocar naquela ferida, naquela hora. Falta de talento ou espírito de sobrevivência, fez o que estava ao seu alcance, encaminhando o filho a um psicólogo. Duas sessões contadas no relógio, nem uma a mais, nem uma a menos, Pedro jogara a toalha e, como esperado, sem dar muita satisfação sobre a breve experiência.

A convivência diária e durante anos com três machos em casa havia condicionado Ana a uma ética rigorosa acerca de odores e pruridos de toda ordem. Cuidado com roupas íntimas, faxina no quarto, perguntas sobre vida privada, horas a fio no banheiro. Tabus familiares. A intimidade dos filhos e de Carlos, bem como a sua própria, sempre havia sido um terreno protegido dos humores gerais.

Os ventos mudavam de direção, no entanto, à medida que crescia sob os pés de Ana o abismo que levava Pedro para longe, intransponível.

Foi assim que, sem falar ao filho com franqueza, sem o pegar pelos ombros num sacolejo angustiado, sem querer recorrer a Carlos para qualquer tipo de socorro, Ana invadiu seu quarto, quebrando a regra de ouro que ela mesma havia promulgado.

A expressão "invasão" poderia parecer excessiva, mas bastou que Ana adentrasse o quarto para acessar todo o significado de um ato sem volta, fora da lei familiar, capaz de quebrar o muito pouco que restava de estima por parte do filho.

Com o pouco tempo que teve antes de ser descoberta, Ana conseguiu entrever uma paisagem de todo insólita, até mesmo para os padrões intrigantes do garoto: livros na estante absolutamente fora do propósito do colégio e de suas disciplinas elementares.

A contar pela literatura, dissimulada entre roupas sujas, cadernos de notas e flâmulas de time de futebol, Pedro parecia viver em um tipo de barricada, um *front* de combate. Dentro de casa. Eric Dubay, Wilbur Glenn Voliva, Samuel Shenton, Charles K. Johnson, Samuel Rowbotham... Porque os nomes e sobrenomes não lhe diziam muita coisa, Ana folheou livro por livro, desvelando ali o que parecia ser o *beabá* do terraplanismo, de que o título *Astronomia zetética – A Terra não é um globo* parecia ser não somente o ponto de partida, mas o principal manifesto.

De onde esse menino tirou isso? Com que dinheiro? Livros caros que eu sequer vi chegar em casa! O que tá passando na cabeça dele? A desolação de Ana rivalizava com raiva e assombro genuínos, talvez por não compreender a intenção do filho ou, pior, por ter que se admitir tão alheia quanto ele na vida intestina da casa.

Ana não teve muito tempo para elucubrações. Com os livros ainda nas mãos, ela foi surpreendida pela entrada abrupta de Pedro no quarto, de regresso à casa horas antes do horário habitual para um dia da semana.

Ao contrário do que toda evidência poderia prever para o momento, o filho não explodiu, tampouco se exaltou. Com uma frieza que Ana diria calculada, Pedro se aproximou da mãe e em um gesto delicado tirou de suas mãos os livros, devolvendo-os cuidadosamente à estante, em uma ordem que parecia fazer um sentido exato para ele.

Agora você bisbilhota meu quarto, mãe? Foi a única frase que disse, sem olhá-la nos olhos e com uma segurança na fala inusitada para Ana.

O tom lhe soava como sarcasmo e superioridade, realçados por um volume de voz inalterado que só fez intrigar e revoltar Ana ainda mais. Era, então, a sua vez de reagir. E não economizou. Com os olhos em fogo, as veias da garganta alteradas, Ana se projetou em direção ao filho. Que livros são esses? Tenha a santa paciência, Pedro! Que meio você anda frequentando que te enche a cabeça com essas baboseiras? De onde vem o dinheiro pra comprar isso? Vivemos sem gravidade, então? Sorte a sua porque aí minha mão não cai em cima da sua cara quebrando o seu nariz! Você acha que te criei pra acreditar nessa merda, Pedro?

Você não me criou para nada, você nem me criou, a terra é mais plana do que você um exemplo de mãe. Plana, plana. E mesmo que não fosse, assim eu a desejaria pra começar a andar para um lado, você para outro, sem mais a gente se encontrar.

Rupturas.

É certo, no manancial de impropérios, ditados pela raiva e pela apreensão convulsiva, Ana poderia ter evitado a última questão. A hora era, contudo, imprópria para medir palavras, por mais que uma parte delas não fizesse sentido nem para Ana, como a história de quebrar o nariz de alguém. Nunca havia levantado a mão para os filhos. Era de outra escola. A escola que educa sem palmadas ou afins. O que estava dito, porém, estava dito. A reação do filho, aí sim, foi como um soco em cheio em Ana. No rosto, nas costas, nos pulsos, no coração. Pancada seca e precisa.

Ana avessa aos acertos de conta. Ana que protela sem previsão a hora de todos os balanços. Ela estava ali. No chão. Rendida.

Uma vez mais, o filho restava impassível, como se já houvesse ensaiado aquela cena inúmeras vezes sozinho e, chegado o momento, esmerava-se em recitar palavra por palavra, com a intenção que cada uma exigia. Como só uma cena bem ensaiada sabe ser, ela comove, perturba, tira do lugar. Ana no chão, nocauteada. Como que em um arco-reflexo-simples, ela deixou o quarto do filho sem dizer nada além de *"você não deveria estar em casa uma hora dessas"*. Aquele tinha sido apenas o primeiro *round*.

No final de semana seguinte, ela estaria só, com Henrique e Pedro tendo partido para a casa do pai. Se fosse fervorosa, talvez tivesse agradecido ao espírito santo uma agenda tão providencial. Sem, contudo, se interessar por essa parte da vida, Ana apenas tentou se programar para um momento mais leve para, quem sabe, olhar com algum recuo para os últimos acontecimentos. Escolheu para a manhã de sábado um passeio que havia sido frequente durante a infância dos filhos, um mergulho em um espelho d'água não muito distante da cidade.

Partiu levando o básico para um dia de sol: protetor solar, chapéu, toalha, uma troca de roupa seca, alguma comida. Os sessenta minutos ao volante até o destino conectaram Ana com um prazer há muito não desfrutado, ela gostava de dirigir. A direção havia, no entanto, ficado na cota de Carlos durante praticamente todo o casamento, como parte das muitas coisas que vão se convencionando em silêncio entre os casais e que, sem que se pergunte a regra oculta ou critério de definição, eles cumprem, cordatos, como que cumprindo a própria sina: o cuidado com a limpeza, a compra do material escolar, a provisão do mínimo essencial e de uns poucos mimos na geladeira, a programação das férias, o corte das unhas dos pequenos.

Ainda que reconciliada com seu volante, Ana estava abatida. O esplendor da paisagem no contraste de céu, mineral, vegetação, cada um na força pungente do seu elemento, vivos e vibrantes, não a emocionou como por repetidas vezes no passado. Ela tinha a cabeça atordoada com a cena do dia anterior.

Como é que eu vou lidar com o menino a partir de agora? Como vou abordá-lo sem aprofundar essa trincheira aberta no meio da relação? Que meio-termo vou ter entre não perder as rédeas com o meu próprio filho, que se idiotiza com uma lorota vulgar, e me manter atenta ao que ele reivindica? E o que será isso, afinal? Que merda. Se pelo menos eu pudesse saber de onde o garoto tirou isso!

A ignorância de Ana era sincera. Do modo mais autêntico possível, ela não conseguia entender a dureza do julgamento do filho, embora pudesse tangenciar – e com alguma facilidade – sua reprovação à mãe ideal que ela nunca tinha sido. A maternidade não necessariamente sonhada não fazia de Ana, segundo sua própria avaliação, uma mãe precária o suficiente para merecer todo o desprezo estampado nos olhos de Pedro.

Tinha que ter algo a mais. A separação, a idade infernal, a pressão no colégio, a indiferença das garotas, sei lá, mas daí a se envolver com o primeiro pensamento lunático disponível no bestiário geral? Francamente. Eu não posso aceitar isso. Vou ter que falar com Carlos, ele tem que me ajudar a dar um jeito. Que invente a saída que quiser, mas não vou cuidar de Pedro e sua maluquice sozinha. Vai sem dúvida me culpar e apontar com um dedo bem grande minhas insuficiências, como se eu fosse a única a ter podido perceber que o filho vive sei lá há quanto tempo em um mundo paralelo, sem gravidade e com bordas segurando a água! Que merda.

Falta de vento, falta de banhistas, o espelho d'água parecia congelado no tempo, confundindo Ana-espectadora sobre os limites da pedra e da água. Essa ilusão de cinema a invadiu e alterou por um instante o fluxo de pensar ansiar e temer por Pedro e pelos rumos da família. Temer por ela mesma.

O que poderia ser, no entanto, mais amplo e exato do que a experiência de tocar a água e nela reverberar sua presença, desmanchando o amálgama, o efeito imaginário, fazendo da água, água, do céu e entorno coisas próprias em seus próprios elementos? A experiência, sempre ela, irredutível e feroz. Experiência de quem já tinha vivido o suficiente para distinguir com nuances as coisas do mundo. Quase todas. O cheiro da resistência queimando, o odor da vela recém-apagada e o incêndio ao longe, se aproximando.

Sabe, Pedro, eu nunca lhe disse, mas eu também fui uma menina-mulher e, antes disso, uma criança com desejo de sempre mais mãe e pai. E com tanto medo. Sempre faltava algo para mim também, sempre falta algo, filho.

Sim, mãe, e para mim falta o que falta, você não pode me ajudar.

Pelo cansaço acumulado da semana, pela consternação com a imagem fugidia de Pedro diante de si, pelo peso do corpo ainda que emagrecido na vida dos últimos meses, Ana encontrou na água um refúgio envelopando em ondas frias e menos frias sua carcaça e os órgãos de dentro. Foi assim que entrou no espelho, como quem se entrega a uma livração, palavra em desuso, livramento, absolvição. De quê? De Ana.

Já submersa, perto do corpo reconhecia cintura peitos dedos muito brancos se movimentando como pequenos peixes, entre um raio e outro de sol matizando a visão. Longe de si, não via nada, o todo indiscernível. O que não se pode tocar nem prever. E Ana se sentiu absolutamente só.

Teria sido talvez o momento de se entregar por completo, com o corpo flutuado sobre a água, pesando aos poucos, afundando aos poucos, sem preocupação ou urgência alguma.

Ana estava, no entanto, desaprendendo aquele tipo de paz. Por isso, sem aviso de chegada, percebeu as pernas se enrijecerem, como que paralisadas, no meio do grande azul, sem dar pé.

O que se seguiu conto aqui com algum detalhe, mas você já pode antever o batimento cardíaco que se acelera, a visão que se turva, a sensação terrível de estar na grande, imponderável experiência, a de se despedir.

Nadadora experiente desde muito cedo, não lhe atravessara nunca o espírito se afogar em água parada. Nem em água nenhuma. Era um tipo que se garantia nesse aspecto, tendo sempre contado com uma nota de orgulho sobre ter ensinado Henrique e Pedro a nadarem.

Talvez tivesse tido cãibras. Ou ainda uma desatenção prolongada quanto à temperatura da água. Talvez tivesse mesmo desejado tocar o fundo e de lá tomar um impulso para a vida nova.

No meio do que não se pôde explicar, Ana se viu debater na água como que lutando contra um empuxo que a tragava, vindo do fundo de si mesma, do lugar mais escuro e impenetrável com o qual não havia negociação possível.

Faltava-lhe o ar, a força para tornar à superfície. A mente embaçada, o corpo rijo, ela pôde apenas perceber o chão batido de folhas do espelho d'água. Viscosas e abundantes, penetravam entre os dedos dos pés, subindo pelos tornozelos, roçando sua pele como um emaranhado de cordas.

Como vocês sabem, às vezes reagimos não por esperteza ou senso prático, mas porque não vislumbramos outra saída abordável. Luta e fuga, no cruzamento de todos os medos.

Mais do que viscosas, eram "gosmentas", o qualificativo que Henrique e Pedro davam, pequenos, ao toque das folhas. Se Ana reagiu, foi por repulsa. Como tocar naquilo? Como admitir que se plasmassem no seu corpo?

Num impulso, ela inflou o peito em uma respiração desmedida e ganhou o céu como um balão. A cabeça fora da água. A consciência fora da cabeça. Ali estava Ana uma vez mais diante de si.

I
CAN'T
BREATHE!

Eram já duas horas da manhã quando Ana fechou finalmente o computador. Havia passado quatro horas mergulhada na tela, onde se podiam contar pelo menos trinta janelas de navegação abertas.

Depois do evento-Pedro, a busca por uma saída, mais do que por uma explicação, a obcecava. Interessava-lhe menos saber como o filho havia se enfiado na alucinação terraplanista do que tirá-lo logo dali, e da forma mais inequívoca possível.

A dificuldade em conectar as duas pontas, problema e solução, bastava para calcular a fragilidade e a impotência de Ana. Ela escolheu, contudo, fazer o caminho mais difícil. O caminho solitário.

Desistiu de acionar Carlos de imediato tal como havia pensado, bem como de prevenir Henrique sobre eventuais arroubos do irmão caçula. Com Pedro, passados apenas alguns poucos dias do ocorrido, a situação não estava melhor, donde a medida do estrago daquela tarde de transgressão, transformando mãe e filho não em estranhos cordiais, mas aparentes inimigos.

Nos planos de Ana a questão parecia, contudo, simples. Importava desmantelar a mentira fajuta na qual o menino tinha – talvez, distraído – se metido.

Estudada, disciplinada, sempre envolvida com afinco em tudo, do mais básico ao laborioso, ela não teve dificuldade alguma em juntar dois e dois: ia demonstrar a farsa sem muita exaustão e convencer o filho de que, embora ainda muito jovem, não tinha mais idade para cair numa conversa mole como aquela.

Das trinta janelas abertas, vinte e nove tratavam, em graus diversos e mais ou menos doutos, de arredondar de novo a terra e colocar um ponto-final em um delírio coletivo compartilhado (o que a pasmava!) por centenas de milhares de pessoas ao redor do mundo. Aliás, a simpática expressão "ao redor do mundo" soava-lhe, amante das palavras como era, como uma provocação barata àquela altura.

Em sua cruzada particular, começaria pelo que julgou mais simples porque aparentemente pueril. Proporia um passeio com o filho em um lugar aberto e tentaria emplacar uma conversa sobre as sombras das coisas do mundo projetadas no chão. Seria importante evitar o tom professoral que de hábito imprimia às trocas de um modo geral. Mais crucial do que isso, porém, seria conter a manifesta implicância com as ideias terraplanistas e seus seguidores. Ana deveria fingir um pouco. Fingir seu desafeto e contrariedade. Fingir naturalidade ao falar dos gregos e sua sacada precoce ao demonstrarem, ainda que de modo rústico, as curvas do planeta.

O esforço seria introduzir informações de modo simpático e empático, como quem convida a discutir sobre um tema que não é lá tão óbvio assim (e já há dois mil anos)! Eratóstenes seria levado à conversa com habilidade, assim como suas varetas e o céu de Alexandria e Assuão. Incrível, filho, a engenhosidade desses caras, não? Precavida, Ana teria ainda na manga mais dois ou três argumentos irrefutáveis retirados da grande tela azul e suas muitas portas e janelas.

Caso Pedro não se deixasse levar pela sedução imagética de sombras e varetas na medida antiga, ela teria seguramente ao que recorrer. Coisas simples e tão belas, já impregnadas no dia a dia e por isso, quem sabe, sem tanta força persuasiva. Mas não deveria ser o contrário? Os céus diferentes que vemos de um hemisfério a outro, as estações do ano descombinadas no seu começar a terminar e terminar de começar, revolvendo raízes, descansando a terra para o que vem.

Pedro, você já reparou no Cruzeiro do Sul? Acha apelativo voltar aos gregos, filho? E o gigante Galileu, o que você já viu dele no colégio? Nos seus jogos pela internet com os colegas do outro lado do mundo, cada um na sua noite ou no seu dia, diferentemente de você, que tal? Falam sobre isso? Sabe que reparei noutro dia na experiência incrível de observar um barco navegando em direção ao horizonte, filho? Não precisa nem sair de casa, a internet tudo provê. Não é ilusão de ótica, não, Pedro, você pode "ver" o barco como que mergulhando no mar, fazendo a curva no final da visão. E a gravidade, filho, pelo amor de deus!!!!?????

Tudo viria em um *crescendo* e no seu plano ideal não seria necessário chegar até a questão gravíssima da gravidade. Essa cereja redonda. Bolo redondo. Terra redonda. Ou quase, com achatamentos nas extremidades. Conjecturas.

Ana estava preparada? Ela se sentia muito forte. No entanto, o encontro, o passeio, a conversa, nada aconteceu. Pedro cortou rente e decisivo a primeira investida da mãe. Larga de ser patética, não vou a lugar algum com você ver sombras ou qualquer outra coisa. Não se meta na minha vida.

O que autorizava um garoto daquela idade a dizer para a própria mãe que não se metesse em sua vida?

A virulência da resposta de Pedro foi tão incisiva que Ana não quis nem mesmo insistir, tampouco retrucar. Calou o discurso "espontâneo", organizou varetas, hemisférios e barcos num cantinho escuro de si. E se recolheu também. Ela precisava pensar. Estava perplexa com a crueza do filho, o que dificultava o raciocínio, sem a impedir, contudo, de elucubrar sobre o pior.

Pedro me parece muito apartado de tudo. O que ele teria a dizer sobre a medida das sombras dos gregos?

Onde você estava com a cabeça, Ana? Meu filho impenetrável. Talvez esteja ainda mais, muito mais, envolvido com um outro universo. Paralelo.

Em suas buscas noturnas na internet, Ana havia lido coisas estapafúrdias que lhe indicavam, sem que ela pudesse ou quisesse aceitar em um primeiro momento, o que, após a breve altercação com Pedro, se mostrou óbvio: a terra plana poderia ser apenas uma parte visível de um mundo escuro e profundo no qual o filho havia penetrado. *Deep. Dark. Web.* Aquela também era a rede, profunda e escura, com sua legião de fanáticos e complotistas.

O terraplanismo, um brinquedo de criança no meio de todo o resto. Até que ponto o filho estaria envolvido? Dos propagadores dos Protocolos dos Sábios de Sião aos conspiracionistas do Onze de setembro, onde se encaixaria o filho? Que peça seria ele na engrenagem que fabrica, reproduz e compartilha alucinações sobre redes multinacionais de pedófilos e traficantes de droga entusiastas do comunismo? A questão mais delicada: o quanto, de fato, Pedro acreditaria naquilo tudo? O quanto estaria disposto a investir e a se investir naquelas, vamos dizer, "causas"?

Em uma de suas leituras, uma informação havia chamado particularmente a atenção de Ana. A maioria dos terraplanistas são homens, crentes, entre protestantes e católicos, e pouco instruídos. Eu e o pai sempre fizemos de tudo, e continuamos, para pagar as melhores escolas para esses meninos! Material didático impecável. Livro nunca faltou. Uniformes limpos, passados. Geladeira cheia e diversificada para crescerem fortes e pensantes. As conversas em casa sempre abertas e sem tabu, falávamos de tudo e ríamos mais ou menos das mesmas coisas. O incentivo sempre foi para que fossem livres! E pensassem o mundo e sua beleza complexa. Não somos fiéis, não temos credo, mas as religiões sempre foram abordadas com respeito, todas elas, ainda que como dissidentes ou refratários.

Em seu cálculo, e inspirada pelas estatísticas disponíveis, Ana concluía que a chance de os filhos se meterem com obscurantismos era muito remota. Estava, contudo, abatida demais para pensar em estatísticas. Essa velha ciência quase tão exata. O que a dominava era sombrio e desagradável. O medo fazia dela uma presa fácil para a dúvida. Estaria exagerando? Alucinando? Inventando? Não sabia o que pensar, talvez apenas que, dali em diante, ao contato com o filho, pisaria em terra estrangeira, a terra do fim das certezas. Mesmo as mais certas. A terra, para ela também naquele momento, parecia menos redonda e o céu chapado implacável lhe caía sobre a cabeça.

Ana teria sido ingênua? De fato, a contar pelos últimos eventos domésticos, era mínima a chance de dobrar o filho com um dossiê preparado didaticamente como suas aulas, sob medida sobre os feitos e bem-feitos da ciência antiga e moderna.

A indisposição de Pedro era flagrante, e o esforço de Ana para lidar com algum humor e boa vontade com algo que ela considerava intoleravelmente cretino não tinha sido suficiente para evitar mais um desencontro. O que a tinha levado àquele erro agudo de avaliação?

A última vez que havia se sentido tão miseravelmente perdida como daquela forma foi quando da morte do pai, já havia quase trinta anos. Aquele tinha sido para Ana o seu primeiro grande erro de avaliação, dos muitos que se seguiriam.

Ana e esse pai não eram lá muito afinados, mas só tinham um ao outro, o que parecia dar à equação um sentido diverso do previsível.

Ana nunca fugiu de casa. O pai nunca a abandonou sob um pretexto vulgar qualquer. Eles se conheceram aos poucos, se cuidaram e até mesmo trocaram alguns afagos acanhados em um par de datas festivas.

Era um tipo muito calado esse pai. Ana não compreendia de onde vinha tamanha introspecção. Para abordá-la, digo consigo mesma – afinal, com que cara se aproximar e dizer: pai, vamos conversar? –, ela passou por fases distintas, ao gosto da idade, da paciência disponível, da esperança de avançar um passo a mais, um passinho que fosse em direção àquela incógnita.

Pequenina, sem contraste com o entorno, não se dava pela coisa, aquele pai era assim, sendo o "assim" apenas o jeito do pai, como deveria ser também o de tantos outros pais. Ana fazia o que os pequenos fazem entre dormir, brincar, se sujar, comer. A presença do pai era mais do que satisfatória em face de necessidades tão prementes e simples.

Vez ou outra, o homem se permitia um carinho. Na lembrança de Ana, ficava bonito naquelas horas. Que pena que sorrisse tão parcamente, durante anos ela lamentou.

Os problemas viriam, contudo, depois. Depois que, autônoma em relação àquelas necessidades, Ana demandava um outro tipo de presença. Mais crescia o espectro da comparação com outros pais e mães, porque essas apareciam invariavelmente na maioria das casas, mais sopitava em Ana a indignação, a incompreensão de viver com alguém soturno e avarento nas expressões mais básicas de sociabilidade. Nesse sentido, Ana parecia um caso relativamente bem-sucedido de crescimento saudável, embora sem estímulos essenciais.

Quando da adolescência de Ana, as refeições feitas juntos foram se espaçando, o que de algum modo era melancólico pois que se tratava do único momento do dia em que dividiam, pelo menos, o mesmo tempero colocado nas coisas.

O pai deve estar sozinho comendo agora e em poucos minutos vai se levantar e lavar a pouca louça suja, secando a pia sem deixar rastro de sua passagem.

No seu lanche com companheiras de colégio, Ana podia pressentir a frequência da mastigação do pai à mesa de quatro lugares e seu dedo indicador seguindo as formas geométricas na toalha de plástico, como também antecipar sua marcha arrastada da cozinha à sala, onde o noticiário começaria sempre cinco minutos após sua chegada.

Ele gostava da filha.

Se não o dizia, era talvez por falta de hábito, falta de tê-lo aprendido a seu turno ou ainda falta de considerar importante insistir em um ponto que lhe parecia tangível o suficiente para dispensar acréscimos.

Por que manifestamos carinho? Ele cuidava dela. Um cuidado indiferente e sem afeto, mas ainda assim cuidado.

Funcionário público servindo em uma biblioteca municipal havia anos, o pai tratava de fornecer livros e arroz na mesma medida. O pequeno apartamento onde moravam era nesse sentido uma curiosidade à parte, refúgio para a solidão de pai e filha. A cada livro novo seguiam uma ordem estabelecida desde a alfabetização precoce da menina. Para obra chegada em mês com trinta e um dias, o pai começava; nos de trinta, era a vez de Ana. No ano seguinte, invertiam a rodada. Mesmo na apatia, o senso de justiça pode ter lugar. E seguiram assim durante muito tempo.

Perceba, aquela aparente afinidade eletiva poderia ter sido um elo vital entre eles, preenchendo o espaço do que não trocavam e que não iriam trocar nunca. O pai não chegava a ser casmurro, mas tampouco cedia a qualquer tipo de apelo para interlocuções. Se os grandes autores e peripécias lhe aportavam sensações, o mundo à parte sabido a cada novo romance, ele as guardava para si. Enquanto Ana fervilhava, fosse de paixão, angústia, curiosidade, impaciência, raiva, graça, o pai, à mesma leitura, se mantinha impassível, como um observador externo, um avaliador do mundo dos outros, um mundo do qual compartilhava apenas o tocar na capa de livros amarelados, comprados de segunda mão.

Foram inúmeras as vezes em que Ana, afoita, quis abordá-lo entre uma garfada e outra, surpreendê-lo logo na chegada do trabalho ou ao sair do quarto pela manhã antes da escola, com a pergunta fatal: o que você achou do Romain Gary??? Mas ela não o fazia. Aquilo que a impedia a menor menção ao pai pareceu durante muito tempo opaco. Talvez uma mistura de respeito reverencioso ao seu jeito de ser "assim", com um temor de que ele, interpelado, falasse, finalmente.

E assim foram os dias. Silenciosos, à parte, embora povoados de riquezas vindas dos quatro cantos do mundo em línguas diversas, papéis rudes e coleções baratas.

Um episódio em particular voltaria à lembrança de Ana repetidas vezes após a morte do pai. Ao terminar o livro *O sol é para todos*, ela correu até ele num impulso irrefletido de vida e despejou: Pai, o Atticus Finch não se importa que a Scout vista jardineiras! Os olhos de Ana crepitavam de emoção. Sob a blusa de malha, que abrigava seios de menina começando a despontar, o peito batia desenfreado, visível aos olhos. A cada um, seus recursos. O pai, ainda moço, mas já velho, não iria mudar com aquele apelo, ao que respondeu num esforço de comunicação: Foi o único livro que Harper Lee escreveu, filha.

O desapontamento de Ana competia com sua vontade, ainda irresistível, de falar sobre aquele acontecimento, o acontecimento Jean Louise Finch. Não houve meio naquele tempo. Só mais tarde, na universidade, ela viria, com a voz embargada, apresentar uma análise do livro em um seminário temático, sob o olhar incompreendido, embora compassivo, de colegas e professores.

A morte prematura do pai, pensaria anos depois, finalmente o tinha livrado de saber no que o Sr. Finch havia se tornado. E isso não era de todo mal.

No dia em que, recém-ingressa na faculdade de Letras, Ana recebeu o aviso de que o pai havia sofrido um acidente na biblioteca, ela se sentiu paralisada por um instante, mas sem nenhum arroubo de dor ou desespero. Era como se algo tivesse saído da rotina, de forma imprevisível. Não estava no roteiro que o pai infartasse no quarto degrau da escada ao organizar os livros de uma das enormes prateleiras que faziam como tapeçaria a decoração em seu local de trabalho. Um infarto fulminante, para o qual a queda escada abaixo definitivamente não contribuiria.

O detalhe da queda da escada seria um mote para alguma discussão e muitos risos com Carlos. Isso viria anos mais tarde, contudo. Naquela hora, imaginem apenas uma jovem adulta tendo que lidar com a morte do pai, esse pai tal como o conhecemos brevemente por aqui. A mente era um segredo, o corpo, inviolável. Seu armário, nunca aberto. Como vesti-lo? Como prepará-lo? Como cuidar desse homem que se vai?

Tomada pelas tarefas regulares da burocracia para se despedir de alguém, Ana se surpreendeu. Foi objetiva, concentrou-se no básico necessário. Alguns avisos, terno, velório, cremação. Tudo se deu muito rapidamente, de forma seca e limpa, tendo como suporte sua única amiga de adolescência.

Nos dias de depois, à medida que investigava, não sem pudor, portas, gavetas e envelopes do pai, Ana foi se dando conta de uma vida de trabalho sem concessões, sem apego material algum, exceto pelos livros, sem amores ou encontros furtivos (até onde se captam pelos vestígios), na qual o homem parecia ter tido por único objetivo preparar, de forma simples e dentro das limitações de um bibliotecário, o futuro da filha, com um seguro e uma pequena poupança.

Porque não era possível que o apartamento ficasse ainda mais silencioso, Ana não estranhou a ausência do pai nos primeiros dias. Ao contrário, avaliou que as diferenças seriam essas apenas, as mastigações cadenciadas na hora do almoço e o arranjo para as primeiras leituras dos novos livros.

Mas perder um pai não haveria de ser assim tão banal, ela havia lido sobre isso em inúmeros romances. Os pais canalhas, os pais violentos, os pais que traem, que tiram o dinheiro de casa e toda sorte de perversos, até eles, em sua partida, deixam um certo travo na boca. De fingida indiferença ao ódio assumido, sempre fica algo, e de um lado ao outro do espectro, há até mesmo lugar para o afeto.

Foi assim que aos poucos se instalou um imenso vazio nos dias de Ana. Ela havia se habituado ao pai, como nos habituamos ao crepúsculo na hora certa, ao cheiro da comida sem surpresas, ao carteiro e às faturas mensais, constantes em seu chegar e partir. O que Ana havia vivido de dificuldade em horas de muita revolta e incompreensão se dissipava aos poucos, como se ela tivesse não vinte anos, mas muitos e muitos mais. A presença silente e taciturna do pai quando vivo, suas sombras deixadas pelo apartamento em seus trajetos previsíveis nas poucas horas de descanso e de higiene do corpo, foram sendo substituídas por uma ausência ainda mais calada, embora fiel.

A chegada de novos livros em casa se escasseou por um momento, pois também dessa dimensão Ana se desligou, sentida em não poder continuar não trocando com o pai essa ou aquela emoção. No entanto, o silêncio não era vácuo, foi o que Ana compreendeu precocemente após sua partida. Aquela paixão em comum os conectava de alguma forma. E ainda. Por isso, foi sem surpresa que ela descobriu, ao triar e organizar os pertences do pai para doação, o elo perdido entre sua emoção e a dele.

Sob roupas íntimas, onde mais seria?, jazia envolto em um pano de cozinha muito limpo, aparentemente nunca usado, um vultoso e pesado caderno de muitas folhas. Registrados com método de bibliotecário, em uma letra miúda e perfeitamente disciplinada sobre as linhas, encontravam-se inúmeros, mas inúmeros, excertos de livros no mesmo formato: abre aspas, trecho, fecha aspas, abre parêntese, nome do autor, nome da obra, ano da edição, fecha parêntese, ponto.

Tudo estava ali, esteve ali o tempo todo, à medida que os romances chegavam e eram devorados pela dupla. Se ele não queria conversa, se não cedia um milímetro de espaço para compartilhar com a filha uma ou outra intriga, peripécia ou drama, foi por algo que ainda a Ana escapava e que ela só compreenderia mais tarde, mas o peito do pai era um turbilhão que apenas se dissimulava em largos e fundos silêncios.

O caderno, já amarelado e com marcas evidentes de um manuseio intenso e cotidiano, abria-se com uma citação que valeu aos olhos de Ana como uma assinatura pessoal. Segundo a convenção adotada pelo pai, lia-se: *"30. Reconheço, não sei se com tristeza, a secura humana do meu coração"* (F. Pessoa, *Livro do desassossego*, 2011). Ana conhecia de cor a sequência do trecho selecionado daquela *Autobiografia sem factos*. O poeta falava o que o pai calou. Pessoa e os demais. E esse seria o verdadeiro testamento do velho, com o qual Ana lidaria à moda de uma arqueóloga nos anos seguintes, juntando daqui e dali a substância de um amado ausente.

A perda precoce da mãe, o pai nunca revelado, a saudade de quem ele poderia ter sido se *"tivessem dado carinho do que vem desde o ventre até os beijos na cara pequena"*, Ana completava, pois que aquela era também a sua história, ou quase, criada sem mãe e esse pai fraturado.

As citações pareciam obedecer a uma ordem muito interessada e peculiar. Não atendiam a uma sequência cronológica ou a um parentesco mais ou menos evidente entre autores, mas pareciam ali dispostas para contar capítulos de uma vida fora do roteiro de onde tinham sido extraídas. A última anotação do pai, e isso intrigou Ana por uma razão particular, havia sido Dostoievski. Eles haviam lido este autor pelo menos três anos antes, intercalando-o, de modo mais ou menos sistemático, com livros de estatura mediana, *"para retomar o fôlego de um monumento a outro"*, como dizia o pai. Ocorre que, entre *O livro do xadrez* e *Abril despedaçado*, cujos fragmentos se encontravam devidamente registrados, não havia nada sobre Raskólnikov e seu destino de redenção.

Ana ficaria com esse enigma. O pai não estava mais lá, e mesmo que estivesse, não diria nada sobre o que foi, sem o saber, sua escolha final: *"Eu não me ajoelhei diante de ti, mas diante de toda a dor humana"* (F. Dostoiévski, *Crime e castigo*, 2007).

*

Dois anos depois da morte do pai, com o curso universitário já pela metade, Ana encontraria Carlos e sua história de pai morto desabado de um tamborete, embora sem infarto. Como um divisor de águas, esse encontro viria a mudar o rumo das coisas.

Após se conhecerem na festa da varanda, vários encontros se seguiram de sexo afoito e atabalhoado como pode haver nos vinte e poucos anos da vida de alguém. Sobreviventes de suas próprias histórias pessoais, eles viram um no outro uma oportunidade de fazer um risco no chão e seguir a partir dali de um modo diferente, o que para Ana significava mais troca, para Carlos, menos sufocamento.

A fórmula não podia ser mais perfeita, pois, embora carente, Ana, pelo hábito, estava longe de ser intrusiva, e o que Carlos parecia refugar era a presença ostensiva dos pais em suas escolhas, enquanto acolhia com gosto as interpelações e provocações de Ana.

Não tardou para que ele se mudasse para o pequeno apartamento onde ela morava e começasse dali a se apropriar aos poucos da gestão da pequena firma deixada pelo pai, enquanto Ana seguia rumo à conclusão de seu curso universitário.

As economias feitas pelo pai de Ana e as parcas entradas do negócio familiar de Carlos lhes garantiam um ponto de partida sem luxos, mas suficiente para que gozassem do essencial. Alguma segurança material e o tempo juntos para disporem dele como quisessem.

Carlos era um leitor apenas medíocre, mas um excelente ouvinte, capaz de ouvir durante horas histórias e os comentários das histórias feitos por Ana. Quando se interessava por alguma passagem em particular, ele a assediava com perguntas e fabulações. Por que o autor escolheu dessa forma? Esse final é ridículo, por que o herói fez isso depois de quatrocentas páginas?! Essa história parece surreal, mas outro dia li no jornal que em um certo país as coisas se dão desse jeito exatamente e blá-blá-blá. Se eu fosse o personagem principal, eu teria dado um jeito de calar esse embuste desde o primeiro desaforo e faria assim, assado... Ana, é só uma história, não chora desse jeito, pelo amor de deus!

Ela não estava acostumada a nada daquilo, mas, com Carlos, Ana foi aprendendo a viver em uma torrente de emoção. Aquele homem pulsava. A raiva queimava como se ele houvesse inventado o fogo. A alegria tomava todo o espaço, irreverente. A ironia era uma forma fina e particular de inteligência naquela mente pouco estudada e tão aberta sobre o mundo que, sem se chocar, se alinhava à erudição herdada e aprendida por Ana junto ao pai em silêncio.

Tendo até então vivido muito daquelas emoções por empréstimo de heróis e farsantes, Ana se via muitas das vezes atrapalhada ao tomá-las para si. Sentia-se exagerada ou fora de lugar, o que não passava desapercebido para Carlos, pronto a fazer troça ao seu primeiro embaraço.

O tempo dedicado a ouvi-la era retribuído por Ana ao acompanhar, como sua ajudante, as inúmeras armações de Carlos dentro e fora de casa. Dia sim, dia não, o sujeito estava metido em fabricações, invenções, produções caseiras de, digamos, qualquer coisa. Uma hora era um jardim suspenso, outra era cerveja artesanal, outra era uma luminária em forma de galáxia na parede, outra, ainda, caixas de madeira para compostagem. Ele fazia tudo com as mãos. Fosse ferro, alumínio, plástico, borracha, madeira, lá estava Carlos entortando, fundindo, colando. Qualquer tempo disponível na rotina do então proprietário da pequena firma era tempo para criar coisas, poucas úteis, outras tantas fadadas à reciclagem ou ao desmanche, para em seguida se tornarem outros artefatos.

Detalhista, Carlos preparava sua produção anotando e comentando o passo a passo. Foi assim que Ana foi introduzida em um outro mundo, até então desconhecido, o das ferramentas e croquis. O apartamento, antes muito sóbrio e sem atrativos, foi sendo tomado por quadros, móbiles, geringonças originais como suporte de panelas e vasos, engenhocas para recolher água da chuva, móveis articulados em blocos para roupas e sapatos, estantes separadas por material e cores distintas para os livros de Ana, organizados por gênero e autores.

A cada nova criação, Carlos fazia questão de inaugurá-la com um pequeno evento entre eles. Carlos, Ana e a coisa nova. Mais do que a invenção em si, era esse entusiasmo que a surpreendia a cada vez. E assim o seria por anos a fio, sem que Ana chegasse efetivamente a se acostumar com a comemoração de alegrias tão simples.

Nos dez anos que se seguiram, Ana e Carlos se conheceram um pouco mais. Dos vinte aos trinta, as mudanças não foram muitas, mas substantivas. Diversificaram seus momentos de prazer e repouso. Permitiram a entrada de um par de amigos em sua vida. Ganharam dinheiro o suficiente para mudarem de apartamento, levando consigo uma década de acumulação de livros e tralhas.

Do rapaz inexperiente que desembarcou na fabriqueta do pai recém-falecido restava pouca coisa no Carlos de trinta anos. Embora não tivesse sido o trabalho que escolhera fazer, ele não foi ingrato com a própria sorte e abraçou a ocasião como quem mergulha em um roteiro desconhecido. Aprendeu a fazer gestão de pessoas e coisas, a pagar contas, economizar e suportar prejuízos. Considerava-se bem-sucedido para os padrões do que tinha como necessário em sua vida. E o que mais contava para ele era sua caixa de ferramentas e Ana.

Ela, depois de formada, tentou conciliar seu desejo de escrita com uma atividade mais segura. Emplacou, assim, pequenos trabalhos, um depois do outro, na maioria mal remunerados, mas que a fizeram circular no meio da tradução de textos de uma forma rápida e consistente. Mais trabalhava, mais era reconhecida por seu olhar exigente e meticuloso sobre os textos, até que foi empregada em uma editora consagrada, por onde também lançou, como escritora, seu *O inusitado caso de Eva Cohen*, além de inúmeros contos. Ali permaneceria por alguns anos, até a chegada, não prevista, do primeiro filho.

*

Essas memórias rondavam Ana. Ela estava farta, no entanto, de remoer o passado. O pai estava morto havia muito tempo. Carlos morava em outro apartamento. Seu filho mais novo acreditava que a terra era plana e estava, muito provavelmente, envolvido em uma rede de amalucados para uma cruzada contra o comunismo. À sua maneira, Pedro era sua Meredith Levov e a explosão que se aproximava no mercadinho do bairro.

Ana vivia com os seus próprios fantasmas e os dos outros. E foi com eles que ela parece ter entrado no elevador naquela tarde ao voltar para casa. No nível da rua, ele a levaria até o subsolo, onde Ana tomaria o metrô.

Esse pequeno itinerário já tinha sido feito por ela um sem-número de vezes.

Naquele dia, porém, os poucos segundos que durava o breve deslocamento se estenderam de forma inédita e terrível. A máquina descia muito lenta, mal se movia na percepção de Ana. O barulho da engrenagem, normalmente incorporado e cadenciado com o tempo da descida, fisgou Ana para o passado. Era o mesmo barulho da descida do caixão do pai à câmara crematória. Moroso. Estridente como a afinação de uma corda velha. Nunca me dei conta disso?

As paredes de vidro do elevador deixavam à mostra tijolos vermelhos ao longo da descida, o que sempre havia chamado atenção de Ana, a ponto de ela convencer Carlos a modificar uma parte do apartamento com o mesmo estilo. Mas a graça não se repetia ali. Ao contrário, Ana sentiu a garganta se fechar lentamente, como que recheada com várias camadas de um tecido espesso, sobrepostas, e cada vez mais impedindo a circulação do ar. Sua visão foi se turvando à medida que o elevador teimava em não chegar a lugar algum, rumo ao centro da terra plana. *Deep. Dark.*

Já quase desfalecida, Ana recostou-se na parede para enfim deslizar pelas costas até o chão. A última imagem que lembra ter visto foi a de um homem negro morrendo sob o joelho de um outro homem em sua garganta. Era naquele mundo em que ela também sufocava. O mundo pelo avesso.

COMO
MINAR
O PRAZER
DE UMA
NOITE

Estou há muito tempo sem sexo. É isso. Preciso relaxar. Voltar ao sensível. Deixar o corpo gozar desimpedido. Só pode ser mesmo isso. Tenho que dar um jeito.

Depois do cansaço permanente, essa foi a segunda linha de explicação que Ana encontrou para pensar os últimos eventos. No começo, não fez uma conexão direta entre eles. A luz misteriosa na sala de casa, o fundo do poço dragando-a água adentro e mais recentemente o elevador e seus muitos tijolos tumulares.

Relativamente espaçados uns dos outros, tais episódios pareciam quebrar a rotina de trabalho e fatiga, projetando Ana para uma outra dimensão de si mesma. Ela resistia, contudo, a vislumbrar nos acontecimentos um deslocamento ou uma desarticulação maior do modo aparentemente previsível e seguro com que tinha levado sua vida até então. O argumento da falta de sexo, embora simplório, caía, assim, como uma luva, confortando Ana na sua inapetência para olhar naquele momento com mais cuidado para a questão.

Não tardou, no entanto, para que ela se desse conta de um par de dificuldades em torno da hipótese e plano que ela mesma havia traçado.

A primeira, logística, consistia em que Ana não conhecia lá muitas pessoas para quem ligar e propor uma transa descompromissada. Longe disso, ela podia contar nos dedos de uma mão e meia os homens com quem havia convivido até então, e com Carlos. Donde a segunda dificuldade, mais delicada, em seus quase 47 anos de idade, Ana só havia dormido com o ex-marido. Sua experiência do sexo se resumia a Carlos. Como uma mulher de um outro tempo.

Não podia somar na lista, evidentemente, os seus muitos amantes fictícios, dos quais se destacava o incestuoso André e sua paixão virulenta, explosiva, por... Ana. Com ele, ela havia descoberto o sexo em sua juventude, escondida do pai no quarto fechado, onde se tocava e enrubescia. Não teria sido o pai morto a destacar essa passagem: *"[...] o filho torto, a ovelha negra que ninguém confessa, o vagabundo irremediável da família"* (R. Nassar, *Lavoura arcaica,* 2012). Foi com André que Ana se deu conta do lugar do prazer no corpo, e até mesmo de que tinha um corpo que ardia, léguas além do intelecto que vibrava pelos romances. André repulsivo, André acometido de desejo por Ana.

A ele, ela se entregou noites a fio desde o primeiro dia em que aquela história desembarcou no apartamento familiar. E não foi sem constrangimento que, tendo lido o livro primeiro, passou-o ao pai ao final da aventura.

Apenas de longe, anos depois, ela pôde perceber a promiscuidade do gesto. Naquele momento, contudo, apenas o constrangimento, e mais do que isso, a contrariedade em ter que abandonar a majestosa obra ao pai, maltrataram Ana. A única segurança que tinha, e como isso a aliviava!, era de que o pai não mudaria a expressão, não faria nenhum comentário sobre a paixão trágica dos irmãos. Apenas silenciosa e placidamente catalogaria e encontraria um lugar para o texto junto aos outros livros na estante, de onde Ana o retiraria tantas vezes, em segredo.

A esse amor furtivo e juvenil se seguiriam outros para a cama de Ana, uma amante mais experiente a cada romance, sem que tivesse à época, contudo, trocado um beijo sequer com um camarada de colégio.

O sexo com Carlos alguns anos mais tarde viria colocar cheiro e textura nessa experiência solitária. Mais do que isso, traria a reciprocidade do desejo. Sem ser André, Carlos conheceu por Ana a mesma paixão furiosa e indisciplinada. Sem interditos, contudo.

A urgência de um pelo outro se instalou rapidamente e fez dos dois amantes regulares. Da experiência recolhida dos livros e dos amores imaginários, Ana tirou vantagem de cada detalhe, fez-se ora sensualidade e mistério, ora entrega arrebatada e lasciva. Experimentava, como uma atriz, o paradoxo da expressão: em um corpo que era seu, vivia afetos e prazeres tomados de segunda mão. Era ela e outra. Luísa, Emma, Gabriela...

Às metamorfoses de Ana, Carlos foi o amante quase constante. Experiente de apenas algumas relações pontuais, viu também naquele encontro a hora do corpo, da entrega despreocupada e cúmplice.

O primeiro sexo sintetizou para os dois o que durante anos seria seu encontro. Na afobação do desejo que se descobre inteiro, Carlos tocou Ana de início com as mãos, enquanto se olhavam fixamente e percebiam a surpresa recíproca: suas unhas quebradiças a machucavam levemente por dentro, prelúdio a uma penetração desmedida; ela o tomava como ele vinha, trazendo-o para si, colando seus lábios nos dele.

A experiência do corpo singular, o corpo de carne e desejante, foi marcante para Ana por ter vindo com a matéria, a matéria de Carlos, amado como ele viria a ser.

Em uma escala no tempo, fizeram desse modo: muito sexo, um pouco menos de sexo, bem menos sexo, ainda sexo.

Não chegaram a se desgostar do que faziam e daquele jeito. Era, aliás, o que Ana em primeiro descartara para justificar a separação. Não havia sido por esse motivo. Com o passar dos anos, por mais que a intimidade invadisse a casa e com ela os lugares mais comuns da vida quotidiana, não se cansaram nunca completamente do corpo do outro. Lugar de disputa, lugar de gozo e alguma molecagem.

Ana, com as palavras sujas aprendidas em um par de livros, abstraídos da atenção do pai – que, de resto, não censurava nada –, sofisticou seu repertório e mobilizou o desejo do marido amante para onde ela queria. Ela queria ser vista. Ter o lugar principal da cama, a cena. Ana desavergonhada e livre, sendo observada por aqueles olhos de homem que crepitavam por ela, seu homem.

Não havia território minado ou impedido naquele encontro.

O corpo era apenas um corpo, placa magnética ultrassensível e responsiva ao menor estímulo. Peitos, ânus, mãos, orelhas. Conjunto que funciona porque expele, acolhe, repele, responde. O corpo de penetrar, cheirar, friccionar, lamber.

O corpo era também o corpo. Volume de um sob a água do banho depois do amor, cena para o outro, contemplação e descanso, nova fome. O corpo do sossego, da emoção compartilhada. Ana tinha no colo de Carlos um lugar único, berço para as dificuldades e decepções mais fraturantes. Também para Carlos, ao recebê-la naquelas horas, o peito se fazia abrigo, abrigo de si mesmo, o que Ana não ignorou desde o primeiro instante.

Não cederam em momento algum aos constrangimentos do gênero e das convenções. Eram Ana e Carlos. O que faziam era privado e sem complexo. Ana mandava, Ana se submetia, suplicava. Apropriava-se do corpo de Carlos como o de uma fera. Domava-o, enquanto ele se deixava levar e fingia não poder reagir. Talvez não pudesse de fato, extático. Brigavam, se desculpavam, penitentes. Partiam uma vez mais para um sexo despudorado e sem limite, onde havia espaço também para o amor.

A modorra da vida conjugal vinha por outros lados, enquanto a cama se protegia como podia. Por parte de Ana, pelo recurso quase inesgotável a um baú de miudezas e sacanagens mais ou menos ilustradas. A de Carlos, pela disposição e generosidade do corpo, bem cuidado até mesmo nas unhas, então regularmente aparadas desde a imprudência inicial.

Uma semana antes da saída de Carlos do apartamento da família, despediram-se em uma noite emocionada e com muitas interrogações. Interrogações de Ana, eu digo. Ela ainda desejava aquele homem, seu corpo mais robusto e cansado, seus cabelos mudando aos poucos de cor, o rosto vincado pelo sol.

Por que não duramos mais do que isso? O que ele está buscando? Se ao menos se abrisse comigo e me deixasse compreender. Se pelo menos ele mesmo soubesse. Eu poderia me envolver, buscar com ele, alterar nossa rotina, nos levar para outro lugar.

Ana resoluta, que empreende, pronta a reparar o que não tinha reparo, a preencher o que não tem fundo, desvãos. Ignorava que, a menos que se escaneie a mente de alguém, por hipnose, terapia ou álcool, e ainda assim, não se sabe nunca exatamente o que a faz agir de um modo e não de outro. As escolhas, mesmo as mais refletidas e ponderadas, parecem sempre ter um quê de arbitrário e contingencial. E nada mais instável do que a arbitrariedade e a contingência. Ana de fato ignorava essa verdade simples? Não, absolutamente. Ao contrário, podia evocar uns dez autores apenas para ilustrá-la. O que não queria era admitir que, aparentemente, sem mais, o marido tivesse abandonado uma longa vida em comum e uma cama ainda quente.

Com os muitos anos de relação tendo ficado para trás, tinham cada um, suponho, o que lamentar. Não cuido de Carlos aqui. Que outro alguém escreva um livro e tente consolá-lo. Ana está no centro desta história. Esta é a sua história. Pudesse eu ter interferido nela e alterado o rumo dos acontecimentos, eu o teria feito. Teria tomado, por exemplo, suas mãos finas e a alertado ao primeiro sinal de desconexão. Não foi possível, todavia. Por isso só me resta contar, com um travo de pesar, mas também de ironia e graça, o que sucedeu. E sucedeu que Ana, a cabeça atordoada pelos últimos acontecimentos, o corpo revolvido pelas lembranças e cansada de se masturbar sozinha em sua cama de ex-esposa de Carlos, decidiu buscar alguém com quem se divertir.

Como já avançamos um pouco em seu estado de espírito e nos demos conta de que há algo estranho no ar, podemos supor de saída que a chance de um encontro casual bem-sucedido era mínima. Ana, no entanto, não participou da nossa conta. Aliás, não fez conta alguma, convencida de que bastava a reativação do corpo para sepultar Carlos e o baixo-astral que se abatera sobre sua vida.

O primeiro movimento foi o de criar um usuário em um aplicativo de encontros. Ela o fez sem dificuldade e ainda achando certa graça em selecionar a foto correta para inserir no mecanismo.

Nem velha demais, nem sensual demais, nem nova demais, nem abatida demais. Que peleja! Eu devo estar mesmo muito carecida de sexo para me meter com isso aqui. Como é possível?

Para seu alívio, a permanência no aplicativo durou exatos dois dias. Tempo suficiente para encontrar ali um colega de faculdade, que não via há pelo menos vinte e cinco anos.

Sem muita paciência ou vocação para conversas na internet, Ana propôs tudo muito objetivamente. Um jantar? Sim, quando você quiser. Estou disponível na sexta. Ótimo, estamos combinados. Passo para pegá-la às 21h. Até breve.

Não lembrava ter pelo sujeito nem particular simpatia, nem o contrário. Tratava-se de um tipo tímido e muito aplicado, como ela, com as tarefas universitárias sempre em dia e as melhores notas da classe.

Sem competir à época, e segura de seu lugar de prodígio vindo de escola pública, Ana nunca chegou a se sentir ameaçada pelo colega. Não se lembrava de ter sentido por ele nada mais do que certo apreço pela camaradagem em relação aos demais da sala, invariavelmente na corda bamba em análise do discurso.

Apesar dessa lembrança insípida, Ana viu vantagem em ter encontrado, tão rapidamente, alguém com quem teria pelo menos duas ou três histórias para trocar e uma afinidade pressentida de saída.

Para o fim a que se destinava o encontro, que não demandava uma convergência autêntica de almas, isso era mais do que suficiente. Bastava o básico. Um pouco de vinho, o desejo que se apresentasse, embalado pela despreocupação, pela pausa na rotina, pelo inusitado da situação. Além disso, Ana sabia muito bem que, do mesmo modo que o percebia no passado, aquele estranho conhecido podia percebê-la, a garota tímida, estudiosa, sem muitos atrativos. Foi então assim, com poucas pretensões, que Ana chegou à sexta-feira combinada.

A primeira agradável surpresa foi a pontualidade do colega. Depois de Carlos e sua dificuldade invencível em lidar com horários, Ana já se considerava sem expectativas em relação ao mundo exterior e seus ponteiros desajustados. Foi por isso com um sobressalto que Ana reagiu quando o interfone chamou às 21 horas daquela noite. Do outro lado da linha, uma voz pausada e serena contrastava com sua aceleração. Boa noite, Ana, estou aqui embaixo.

A segunda surpresa, e essa mais do que agradável, apetitosa, era que o colega parecia outra pessoa em relação à memória já um pouco opaca de Ana. Na aparência física, nada mais se via do sujeito mirrado, com ombros arqueados, escondido atrás de lentes de grau grossas o suficiente para dissimular até mesmo o formato dos olhos. Aqueles quase trinta anos haviam-lhe trazido visíveis benefícios. Como ele envelhece bem!

Mais do que a aparência atraente, o colega apresentou desde o *"olá, Ana"* modos afáveis e o olhar confiante de um ator que pisa o mesmo palco pela enésima vez. Os primeiros cinco minutos ofereceram um cardápio completo de coisas que não se usam mais e, no entanto, apreciadas por Ana. Ele abriu a porta do carro, cumprimentou-a só com um beijo discreto na face, sem perguntas constrangedoras ou que forçassem intimidades que não existiam.

A insegurança não demorou, no entanto, a bater, e Ana se viu conferir dez vezes no retrovisor se o batom estava justo na boca e os cabelos alinhados. O mesmo tempo havia passado para os dois, mas ela não ignorava o que significava dois filhos no meio do caminho e a expectativa social que envelhece desigualmente homens e mulheres, pais ou não. Esse sentimento durou pouco tempo, felizmente. Ana estava disposta a só cuidar de si e ter um bom momento, sem deixar fantasmas, fossem seus ou alheios, invadir, uma vez mais, a sua hora.

Já no restaurante, pediu vinho, pediu entrada, pediu prato principal. Mais vinho. A conversa andava fluida e divertidíssima, mesclando todos os tipos de assunto, dos mais sérios aos frívolos, como se fosse possível num punhado de horas conhecer o máximo de alguém.

Intelectuais também fofocam. Quem se casou com quem, quem engordou, quem morreu de infarto, quem conseguiu bom emprego, quem se reorientou profissionalmente, a conjuntura sociopolítica, a vida familiar, os livros mais apreciados, os trabalhos passados e atuais...

Era o que chamamos de "conversa", sem dúvida. Todavia, agitada pelo inusitado do encontro, era sobretudo Ana quem falava. Propunha um novo tópico, desenvolvia, emendava com o seguinte, comentava seu próprio comentário, ria de suas próprias piadas. De algum modo, ela também parecia outra, embalada pelo vinho e pelo contato com alguém de quem ela só esperava uma noite sem embaraços. Estava longe dali a Ana contida e econômica com palavras e gestos. Ana indiferente com desconhecidos e hermética a qualquer tentativa de invasão de sua privacidade.

A prosa parecia ser uma forma de se deixar levar, se soltar mais e mais naquele ambiente pastoso e aquecido da troca, envolvente em sua despreocupação e amenidade.

O colega se mostrava delicioso ao abordá-la. Não parecia em nada superficial ou afetado. Nem mesmo seus poucos excessos e chistes eram fora de lugar. Ao comentar, já na segunda garrafa, sobre o decote de Ana nas costas, soltou-lhe um elogio rasgado, desculpando-se em seguida. Não vá pensando que digo isso só pra te comer, talvez seja isso mesmo. Risos escandalosos e nessa ocasião o primeiro contato físico com intenção do toque, as mãos de Ana na perna do colega.

81

EPISÓDIO 4

Nas duas horas que já durava o encontro, Ana conseguiu evitar tudo o que de caótico havia em sua vida naquele momento. Não havia Carlos, apenas um divórcio ocorrido já passara algum tempo, sem mais. Não havia Pedro e sua terra plana ou Henrique e seus chiliques. Havia uma mulher com vontade de sexo. Ainda sutil, apesar do vinho, Ana tampouco falou disso. E não precisava. Adultos, como crianças em seus jogos de iniciação, sabem fazer coisas sem falar delas, apenas pelo tato de quem aprende ou mais tarde se relembra.

A noite transcorria relativamente previsível, passadas as primeiras surpresas, até que uma pausa para o banheiro marcou uma guinada nos acontecimentos.

Ana se levantou determinada da mesa e caminhou até os fundos do restaurante, onde se encontravam os toilettes. Andava devagar e, com a ajuda dos saltos nos pés, tinha os quadris que gingavam de um modo escancaradamente sedutor. Não dissimulava. Porque sabia que era observada pelo colega, fez do breve percurso uma passarela para fazer durar o momento de se sentir desejada. Fazia já muito tempo que não se via naquele corpo, corpo de mulher capaz de dar e receber prazer.

Com o pensamento inebriado, entrou no banheiro, trancando a porta por detrás de si. Sentia-se leve, atravessada pelo fluxo contínuo de todas as conversas e histórias contadas havia pouco. Comparada à vida de outros ex-colegas, a sua não andava tão mal assim. O que é um divórcio, afinal? Apenas uma decisão. Como o casamento, mas no sentido contrário. E tem como ser feito sem deixar ruínas. Pelas contas, pelo menos uns doze outros camaradas da universidade tinham também se separado.

E os que são hoje assistentes em escritórios ou agentes contábeis? Isso é que dá escolher um curso como o de Letras num tempo como o nosso. Daqui a pouco essa opção acaba, salvando uns desavisados pro futuro. Meu colega é consultor legislativo! Como consegue ser *sexy* fazendo um trabalho de merda desse? O cúmulo do tédio. Deve ser justamente por isso, acaba se virando por fora, pra não se deixar sugar pelo marasmo e pela falta de assunto. Está muito bonito ele. Pensar que já foi casado três vezes. É muito casamento pra uma vida ainda pelo meio do caminho. Como pode? Imagine cada vez ter que enfrentar o drama, dizer não, renunciar, se frustrar, sair de casa, ou deixar que saiam, dividir as coisas. Sem filhos, ele parece ter vivido tudo até aqui mais serenamente. Vai saber. Deve ter feito cirurgia nos olhos. Só assim pra ter abandonado o fundo de garrafa que usava no passado. Pena não gostar do Borges. Poxa, só pode ser recalque. Queria escrever, não escreveu, virou consultor sei lá de quê e vai falar mal do Borges, o monumento. Único passo em falso até agora, mas muito grave. Tem que ter recurso. Imagina que calhe virarmos amantes. Não dá. Não dá pra ser amante de alguém assim, por mais que tenha o queixo tão quadrado e imponente. Até mesmo o Carlos, precário como só ele, ele aprendeu. A seu modo, mas aprendeu, e tinha sempre um comentário traduzindo Borges pro seu mundo simples.

Xixi.

Bom, mas eu dou aula particular de línguas, grande coisa! Se estiver no banheiro ao lado fazendo o seu xixi, deve também estar pensando, Ana tão boa aluna foi morrer na praia das aulas de línguas, depois de rodar pelas traduções e pela experiência com a ficção! Aulas de línguas! O destino mais previsível dos derrotados do curso de Letras. Talvez não esteja nem no banheiro, nem pensando nisso. Na mesa, talvez me compare agora com suas ex-esposas e ache graça por finalmente ter encontrado alguém que detesta tanto quanto ele os liberais de fachada, canalhas. Estamos alinhados. Mas me diz, Ana, no que isso ajuda pra gozar? De todo modo, foi melhor mesmo não termos entrado demais na conversa sobre política, além de brochante, pode rachar até os aliados. Maledicente, quem diria que detestava o professor de sociolinguística? Vivia atrás dele, com dúvidas muito sabichonas. E agora mete o pau. Devem ter se desentendido em algum seminário ou coisa que o valha. Detestar os mestres? Alguns são bem detestáveis mesmo. Desde o primeiro dia. E depois piora. A cantada do decote foi duvidosa, que graça alguém brincar com estilo de roupa sem conhecer direito a outra pessoa. No fundo, era um elogio. Não saber se o decote é pras costas ou pro peito? Tá muito doido. Ou eu estou sem noção. O vestido é clássico. Ele tá doido mesmo.

Xixi ainda.

Como em um curto-circuito, todos esses pensamentos atravessavam Ana ao mesmo tempo, sobrepondo-se uns aos outros, o primeiro expelindo o próximo, já se amalgamando nos seguintes, se misturando, fazendo um todo como geleia, indissociável. Estava bem-humorada e nem se sentia atordoada pela quantidade de informação. Estava leve na verdade e, enquanto pensava e pensava, sem se dar conta do tempo, fez o ritual sabido dos banheiros para mulheres. Conferiu, limpando o vaso, sentou-se, fez e enxugou o xixi, deu descarga.

Foi apenas no momento de lavar as mãos que se deparou com um enorme espelho na parede oposta ao vaso. Tomava toda a extensão da parede, do teto ao chão, de modo a projetar Ana como um duplo dela mesma, em dimensões reais. Os espelhos fazem isso. Às vezes distorcem, aumentam, diminuem. Mas somos nós ao fundo, ser projetante e projetado.

A partir daí a coisa se truncou.

Como em um baile de gala, já muito regado a bebida e alguma droga, a luz se acende e o frenesi de até então se rompe como acordar de um sonho bom. Foi assim com Ana, sem transição. Ela olhou para si, para seu corpo no vestido. Olhou para Ana no espelho, ainda ela, o corpo no vestido. Alturas equiparáveis e as mesmas cinturas. Era ela. Mas não era mais. Era a moça da notícia lida havia alguns dias em um jornal na internet.

Os jornais falam de tudo um pouco. Contam à sua maneira, maneira dos sócios dos jornais e da metafísica influente, o mundo. Às vezes como ele é, às vezes como deveria ser. Projeções. Em um canto dos jornais, o pequeno canto, só lido por alguns – buscado por alguns como uma grande notícia – está o *fait divers*, sem tradução, a notícia no mais das vezes terrível e insólita, o acontecimento quotidiano de uma vida quebrada. Crônica tão rápida quanto pungente de uma morte, um desaparecimento, um assalto. Tenebroso e inapelável.

Por alguma razão – imagino difícil de se explicar – Ana era completamente obcecada por esse tipo de notícia. Como sabem, não é que lesse só isso. Ao contrário, ela lia tudo, e em línguas diversas. O mundo lhe importava. E aqueles pequenos cantos de jornal faziam parte do mundo como um micromundo, autoexplicativo e metalinguístico. O *fait divers*, sem tradução, que conta a sociedade e seu tempo.

A moça da última notícia se parecia com Ana. Demais. Tinha partido no mês anterior para um encontro com um homem conhecido na internet e seus aplicativos incríveis de conectar solidões. Ilusões. Tudo conectado. Não se tinha detalhes, mas deve ter saído bonita como Ana, com um vestido que talvez deixasse incautos confundirem decote da frente e de trás. Pela foto no jornal, era bela e jovial, com cabelos longos e claros, sorriso de ponta a ponta na boca. Deve ter saído para uma noite de prazer. Uma noite qualquer. Porque não voltou, suscitou a atenção dos mais próximos. Atenção, alarme, pânico, estarrecimento, revolta, tristeza absoluta. Nos dias que correram seguidos ao encontro, foi localizada esquartejada, as partes do corpo dissimuladas em lugares diferentes de um parque na cidade. A família? Os amigos? Onde estavam? Como fica quem fica após um episódio como esse? Como levantar no dia seguinte e assumir que lidamos diariamente com pessoas na internet, para tudo, para qualquer coisa, e, falta de sorte ou descuido, pode calhar de alguém cruzar o seu caminho com uma grande faca na bolsa de trabalho ou de ginástica, por trás da normalidade morosa dos dias?

Como esse acontecimento, Ana já havia conhecido pelo menos outros quinze, talvez vinte. Todos muito parecidos. Mulheres. Meninas. Muito ódio. Não bastava apenas um tiro. Uma facada. Simples, limpo, rápido. Tinha que ser total. Estupro com requintes de crueldade e tortura. Agressão física até a desfiguração do rosto. Queimadas. Enterradas vivas. A mulher que precisa ser apagada, que não pode deixar rastro. E se, o rastro tem que vir com um aviso. Mulher tem que tomar cuidado. Não exceda. Não ouse. Não ultrapasse a linha. Aquém da linha também pode ser perigoso. Muito ódio. Mulheres e as que delas se assemelham, muito próximas, iguais.

Muitas vezes Ana já havia se perguntado sobre o porquê de se deter naquele tipo de leitura tão, tão, tão o quê?, tão pouco edificante. Não tinha resposta. Apenas se dizia: *"isso me faz muito mal"*. Mas preferia saber, estar de olho, atenta. Talvez para prevenir. Não seria com ela. Não daquele jeito. Fodam-se os perversos, os misóginos, os desgraçados.

O controle, a necessidade de controle, sempre presentes.

As muitas mulheres abandonadas em parques, em beiras de estrada, em latas de lixo, vieram se somar à Ana no espelho. O pequeno cômodo do banheiro de repente se encheu de lindas mulheres e seus vestidos para grandes encontros sem volta nem dia seguinte. Pelo menos não haveria mais solidão. Não haveria nem mesmo mais nada.

Bateram na porta repetidas vezes. Nada. Primeiro uma cliente. Depois outra cliente. Identificada a demora como um problema a ser resolvido, foi o gerente o terceiro a bater, acompanhado pelo colega de Ana, perplexo à sua espera já havia vinte e cinco minutos. Apenas ao final desse tempo Ana ouviu alguém chamar. Clamar.

Algum problema, senhora? Abra, por favor. Teremos que arrombar a porta. Abra, senhora.

Como que viajando em um túnel muito largo e longo, Ana veio de longe tragada pela ventania produzida pelas vozes que se multiplicavam do lado de fora do banheiro. Deu-se conta de que estava sozinha, plantada de frente ao espelho, com os braços estendidos ao longo do corpo, a boca cerrada, os olhos muito abertos.

Não retoquei o batom. Estou aqui há quanto tempo? É tarde. O que estou fazendo aqui há meia hora, raios??? Com que cara vou aparecer agora? Vão pensar em uma tremenda dor de barriga ou em um ataque epiléptico. Não sei o que é pior. Diarreia no primeiro encontro? Promete. O que vou dizer? Vim dar uma enlouquecida no banheiro, mas já me recompus???

Não tinha nada a ser dito, não pelo menos àquele público de ilustres desconhecidos e um reconhecido. O melhor seria simplesmente alegar um mal-estar qualquer e desaparecer, para sempre. Cortar o restaurante da lista dos favoritos. Apagar o aplicativo de encontros. Afastar o colega, implacavelmente.

Porque julgou que a vergonha já falava por si, abreviando qualquer tipo de justificativa ou explicação, Ana saiu do banheiro, desculpou-se, agradeceu o convite e foi embora dormir sozinha e sem sexo. A masturbação seria deselegante demais naquela hora grave.

EU VI
NA TV
O MUNDO
BRUTO

Sem saber exatamente como proceder, Ana marcou uma consulta para o primeiro horário disponível na agenda do seu médico de confiança. Um ginecologista que a acompanhava há anos, tendo sido de particular ajuda quando a gravidez difícil de Henrique a obrigou a deixar o emprego como tradutora e se deter em um resguardo absoluto a partir do sexto mês de gestação.

Esperava dele mais um consolo do que um diagnóstico.

Aquele senhor experiente de quase oitenta anos e com um senso prático invejável fazia sua medicina de modo conservador e sem segredo. Tumores se retiram. Contra febres, antitérmicos. Cesarianas são seguras e cômodas. No passado, foi justamente essa objetividade que Ana apreciou em primeira mão. Era reconfortante e lhe economizava o tempo de pensar em decisões que ela só tomaria com aval médico. Ela era apenas uma tradutora. Um pouco escritora, bem menos do que gostaria. Prestes a se tornar professora particular, premida pelas circunstâncias.

À exceção das duas gravidezes, as consultas se resumiam ao longo do tempo a encontros anuais para exames de rotina. No geral, Ana tinha boa saúde e se ocupava apenas excepcionalmente de visitas médicas e dentárias para si mesma. Para os filhos, era diferente. Agendas de vacinação caprichosamente em dia, acompanhamento dentário e visitas periódicas ao pediatra, ainda que sob protestos dos garotos já quando crescidos.

Ana reclamou do cansaço e do que ela chamou de "momentos de alguma confusão". Relatou sem muitos detalhes os episódios dos últimos meses, entrecortando sua fala com expressões jocosas e autodepreciativas, como se quisesse diminuir, no próprio relato, a importância ou gravidade dos acontecimentos. Talvez já pressentisse se tratar de algo que devesse cuidar e por isso se defendesse com evasivas.

Imagine a minha cara ao ver as pessoas na porta do banheiro já querendo chamar uma ambulância. Mas eu fui muito sem noção de pegar estrada ao invés de ficar em casa e dormir o final de semana inteiro, uma vez sozinha sem os meninos. Olha, eu vou falar pro senhor, não me lembro de ter me sentido tão idiota quando me percebi sentada no chão do elevador. A minha sorte? Não tinha ninguém do lado de fora e tive tempo de me levantar e sair sem ter que falar ou explicar nada. O dia no espelho d'água foi perturbador, eu achei que estivesse me afogando, parecia muito claro, mas estava bem, não afogava, não, sou uma nadadora, e o senhor sabe que...

Em seu relato, Ana parecia falar das situações como se as tivesse inventado, uma ficção ruim e implausível, ao mesmo tempo em que se reconhecia nelas de algum modo, como personagem principal, encenando a própria invenção. Hesitava.

Vivi, mas não parecia real. Pode ter sido uma invenção, estive ali?

Os médicos, não sendo romancistas, têm nas mãos apenas alguma intuição, a matéria que lhes é levada pelo paciente e o que mais for sendo acrescentado por escavações posteriores. Com boa formação e compromisso ético, não se dão a inventar o que querem ver, tampouco a deixar de ver o que, por algum motivo, aparece e escapa ao que previamente pareceu ser um enquadramento inicial plausível. Assim é que, às informações de Ana, o velho ginecologista só poderia reagir com muita reticência.

Ouviu-a em silêncio, considerando com um ar aparentemente neutro seu relato, pontuando-o apenas com algumas poucas interjeições e movimentos de sobrancelha. Ao final, pediu alguns exames de rotina, receitou vitaminas, recomendou cuidados com o sono. Sem oferecer diagnóstico, tampouco consolo, insistiu sobretudo para que Ana buscasse ajuda especializada, pois que o caso escapava de suas competências, embora ele não vislumbrasse ali mais do que um estresse severo.

Ana saiu do consultório com o cartão de um psiquiatra nas mãos. Ela o procuraria. Sim, talvez ela o procurasse. Antes disso, contudo, ligaria para Carlos. Tal premência se explicava menos pelo hábito antigo de casados em compartilhar algo importante ou extraordinário, e mais para prevenir o ex-marido – que ele estivesse atento – de que talvez precisasse, a partir dali, de um pouco mais de participação dele no cuidado com os filhos. Com Pedro em particular. Ela já adiara muito, demais, aquela conversa necessária.

Desde o desencontro no restaurante, já havia seis meses, tinham se falado muito pouco, na verdade o mínimo necessário para a organização dos finais de semana com os filhos, além de uma troca ou outra sobre despesas escolares. Nessas comunicações, após um pedido de desculpas breve e direto por parte de Carlos quanto ao ocorrido no último encontro, o tom predominante foi ameno e prudente.

Pode não ser usual, mas é lícito que ex-casais, alguns, percebam que se maltratar após o casamento terminado é um modo de insistir em uma relação que já acabou e segurar a vida para que ela não ande para lugar algum. O conflito e os fortes elos que entretém. Talvez não tivessem pensado nisso, o que foge ao cálculo no calor dos acontecimentos. Talvez o estado de guerra permanente não se parecesse com eles, nem em um momento delicado como aquele.

Durante a relação longa que tiveram, contavam-se nos dedos as altas temperaturas e caldos derramados. Adicionalmente, por parte de Ana, os últimos meses tinham sido atípicos o suficiente para que ela pudesse operar uma espécie de descentramento. A separação ainda doía. Ia, contudo, como uma dor crônica, se plasmando com as agruras e dores do quotidiano, formando um todo que não dissocia qual dor vem de onde e por qual motivo, doendo apenas.

Ela ligou para Carlos e marcaram de se encontrar naquele dia mesmo.

Com as trocas muito limitadas nos últimos meses, Ana não sabia por onde começar e, como de hábito nessas ocasiões de dúvida, foi direto ao ponto, relatando o episódio sobre a invasão do quarto do filho, a desagradável surpresa, a briga que se seguiu, bem como a tentativa frustrada de convencê-lo de que a terra era tão redonda quanto as relações desafiadoras.

Eu vi, Carlos, ninguém me contou. Eu vi toda aquela literatura de merda no quarto do garoto. Ele não tinha sequer uma explicação pra me dar. Nem a origem desses livros eu conheço. São caros, não se encontram por aí, na primeira banca. Pedro está muito estranho, Carlos. Eu estou apreensiva. Não sei ao certo com o quê o menino anda envolvido. Tem tanta coisa estranha ocorrendo. Basta abrir os olhos, dar uma andada na internet. Coisas estranhas, um mundo irreconhecível. Talvez ele esteja envolvido em algo que não podemos nem mesmo imaginar, Carlos.

95

EPISÓDIO 5

Calma, Ana, ele é só um garoto, está vivendo mal a separação, é uma mudança muito grande na vida deles, tudo vai se acalmar, isso é apenas uma fase, vai passar. Não tem motivo para você fazer disso uma tempestade, criar fantasmas que não existem, que nunca existiram. Nosso filho é sadio, Ana, pelo amor de deus. Deixa a internet um pouco de lado, é muito tempo na tela, é muita informação, informação sem filtro, verdade misturada com mentira, ficção com realidade. Tem que dar uma pausa nisso.

Você acha que estou inventando, Carlos? Eu vi nos olhos do Pedro muita revolta, muita incompreensão, como se em quatorze anos viessem à tona sentimentos que nunca tinham emergido. É ele, mas parece um outro, rígido, impenetrável, cruel. Será só comigo? O que você vê quando olha pra ele, além de um moleque desengonçado, assediado pelos hormônios? Eu não estou afirmando que ele está doente, Carlos, mas apenas que às vezes pode acontecer algo que a gente não vê chegar. Essa é a minha apreensão do momento. Lembra eu te falar de um livro do Thomas Mann? Você se lembra das nossas conversas? Até hoje tem gente discutindo sobre aquilo. Era só um mágico, era só um circo? Apenas uma cena grotesca numa cidade do interior? Ou era um prelúdio pra merda que viria? Às vezes a gente não vê chegar, Carlos. Uma apreensão, eu me sinto...

Ana, Ana, para um instante, me escuta, Ana. Deixa os livros, deixa as histórias. É só um a-do-les-cen-te, nosso filho, um garoto bom, Ana, crescendo saudavelmente, mas num momento difícil. Olha pra nossas vidas. O que teve de mais fácil, Ana? Você criada sem mãe, com um pai zumbi, um mistério. Eu com um pai dominador, uma mãe submissa que nunca levantou a voz para me defender do que tinha de mais evidente. Foi fácil, Ana? Não foi, mas a gente deu conta, a gente tocou a vida, a gente construiu uma família. Essa família que agora vai se recompondo como pode, vai se reorganizando, não é a primeira e não será a última a passar por isso. Vamos encarar, Ana. Não chora. Olha, vamos colocar a bola no chão, vamos avaliar as possibilidades, ver pra onde podemos ir com essa história. Deixa o Pedro uns tempos comigo. Vamos tentar dessa forma. Henrique fica contigo no apartamento, Pedro vem morar comigo por um tempo. Vou olhar pro moleque, sondar, levar pra respirar um pouco, outro lugar, outros ares. Vamos ver o que ele tem pra dizer, se tem. Ele nunca foi muito prosa, Ana. Sempre foi Henrique falando e Pedro apenas num canto, considerando, cismando. Por que diabos haveria de ser diferente agora? Participar mais da vida da casa? Ter uma relação que nunca teve com o irmão? Sempre se estranharam, sempre competiram. E a gente no meio equilibrando o jogo. Coisa de irmãos, Ana. Imagino que seja coisa de irmãos. O que temos a dizer sobre isso, você e eu, filhos únicos, sozinhos nós dois. Vamos fazer dessa forma, pode ser? Cada um num canto e vamos avaliar. O mais importante agora é você relaxar um pouco, deixar pra trás essa sensação de estar vivendo com um inimigo. É seu filho e é um bom garoto. Você precisa descansar, Ana. Eu sinto muito por tudo o que a gente vem passando nesse meio tempo. Eu quero ver a gente bem e...

Carlos, eu não quero falar sobre a gente, sobre o casamento desfeito. Você saiu de casa e eu só aos poucos vou entendendo que você tem uma busca que é sua. Eu não estou atrás de nada. Não tem ninguém, não tem nada. Você está buscando algo que não posso sequer entender, mas tem uma busca aí. Vai em frente. Mas não vamos falar de nós hoje. Quem sabe um dia, uma hora. Por enquanto é isso, você na sua busca sabe-se lá de quê – outra companhia, Carlos? o tempo perdido? – e a gente se limita a falar deles, os meninos. Eu prefiro assim, é como consigo levar.

Eu não sou um inimigo.

Eu não estou falando isso, Carlos. Só não quero confundir as coisas, preciso me cuidar e não vai ser desse jeito. Já vai ser importante fazer como você propõe, tentar ao menos, nos dividir no cuidado dos meninos. Focar em Pedro, rastrear, tentar entender, sei lá. Eu vou me voltar um pouco pro Henrique, a coisa anda desarranjada entre nós também. Mãe e filho e um gênio dos infernos. Ele tem me tirado do sério, de um outro jeito, por outros motivos, mas não está fácil, Carlos. Ele se acha o maioral, com um ar sempre muito superior, achando que faz tudo certo e que a mãe não serve. Eu tô de saco cheio. Acho que perdi muito a mão nesse meio tempo, alguns excessos, algumas chatices, mas eles não ajudam. O Henrique, se já tivesse mini-mamente condição, já teria saído de casa, pra casa de um amigo, uma namorada, sei lá, mas não moraria mais comigo e Pedro, está claro. E porque não pode, porque é estudante, porque não tem dinheiro, porque não trabalha, fica lá, no limite do possível, me olhando de canto e me achando a peça que sobra na engrenagem da família. Como ele tem ainda assim algum senso de humor, às vezes chego perto, brinco, com um esforço imenso pra tentar quebrar o gelo. A coisa melhora num momento para no momento seguinte desandar. Pode até ceder, brincar, uma pausa rápida e provisória pra gente respirar até a próxima crise. E assim tem sido, Carlos.

À medida que ia falando, Ana sentia despejar em cima do ex-marido sentimentos contraditórios e há muito guardados só consigo. Era essencial falar de Pedro, chamar Carlos para perto do filho e daquela realidade, se não para que ele a convencesse de que não havia risco – algo improvável naquele momento – ao menos para compartilhar com ela o peso de um desassossego e, quiçá, aliviá-la.

A realidade. Era justamente sobre isso que pareciam discordar uma vez mais, cada um julgando o outro como alguém que está fora de foco, analisando sob o véu de um excesso, para mais, para menos, o que viam. Ana preocupada demais. Carlos despreocupado. Demais. O que não fazia dele um pai negligente, nem mesmo por detrás da maior das mágoas e do sentimento de abandono que latejava ainda em Ana.

Ela sabia o quanto Carlos havia sido, desde as primeiras pirraças dos filhos, severo na medida do que as situações demandavam. Como ela, sem complacência ou frouxidão, encararam momentos de ciúmes entre os irmãos ou de revolta com vontades não atendidas. Trunfo seu, Carlos, a despeito do rigor, testemunhava um afeto doce em relação aos filhos, tocando-lhes os cabelos, abraçando-lhes por trás, pelos ombros, compensando as descomposturas, borrando as fronteiras entre o pai herói e verdugo. Afeto de que Ana era capaz apenas em momentos excepcionais, mas ausente nas horas de bronca. Fazer as pazes era apenas com Carlos, se necessário. Com os filhos, depois de brigas grandes ou pequenas, não havia trégua a selar, como se o amor também pudesse brotar da dureza da ação, forjando de um jeito muito particular o caráter e sedimentando, sem data para acabar, feridas que se acumulam cedo e vão vida afora.

Ela acreditava ter feito e ainda fazer o certo e, objetiva, nem com a ajuda dos melhores argumentos cederia à possibilidade de que Pedro se fingisse de idiota apenas para chamar a sua atenção. O menino estava, sim, com um problema, e ela com outro, por extensão. Carlos não ser capaz de enxergar o que lhe parecia tão óbvio reafirmava o descompasso inaugurado entre eles e o novo lugar que a família, desfeita, tomava pouco a pouco em sua vida, em sua busca. Já lera sobre os homens de cinquenta que, cansados da família e do casamento, deixam tudo para trás, mas resistia a encaixar Carlos nesse modelo – para ela vulgar e previsível em excesso – logo ele que nunca parecia ter hesitado.

Escapava-lhe ao cálculo exatamente o fato de nunca ter hesitado. Anos a fio de uma relação iniciada cedo demais, os dois muito jovens e com quase tudo por conhecer. O que descobriram, fizeram-no juntos. Quase trinta anos de um mesmo rosto, um mesmo nome. Ana apenas não compreendia que, o que era para si motivo para não se deixarem nunca, cada dia, cada mês e ano a mais sendo o que move, como tração, a relação para mais dias, meses e anos, se fazia para Carlos, quem sabe?, uma razão para ir, com a vida avançando e ele com medo de só haverem eles, e de não ser tudo.

Se não permitiu que Carlos falasse da separação foi por não querer se confrontar com uma verdade que a enfraqueceria sem piedade. O ex-marido, tão amado, era só mais um, como ela. Vidas ordinárias como a maioria das vidas. E, como Ana, ele estava também cansado e com medo, embora não pelos mesmos motivos. Ela podia entender isso. Podia, inclusive, incrementar a reflexão e se dizer que Carlos havia se safado muito bem no seu papel de pai e marido, apesar de tudo, tendo vindo de onde veio e com um passivo familiar ainda mais árido do que o seu próprio. A separação? Uma de suas poucas derrapadas, mas em apoteose.

Pais ausentes deixam rastro pela ausência, e uma vida que vai guiada pela busca do que poderia ter sido, até mesmo no que há de mais implausível e arbitrário nessa previsão. Pais presentes deixam rastro porque estiveram, estão lá, e, ao estarem, confundem, bloqueiam, impõem sua própria digital, rastro e pista sobrepostos, vidas apagadas na margem.

Quantas vezes Ana, com suas ausências, não havia já consolado Carlos das presenças que queriam se impor a ele e subjugá-lo? O pai morto tirano, presente na cobrança do que deveria ser o negócio, as relações com a clientela, a contabilidade, a roupa de trabalho. A mãe viva morta, ausente em tudo o que ela nunca foi capaz de oferecer, fosse proteção ou incentivo. Ausente mesmo com os netos nascidos e a vida renovada.

Sim, sim, Ana poderia pensar nisso tudo e, finalmente, por força do exercício, aceitar sua partida, sua renúncia a uma vida que se organizara de A a Z diferentemente daquela de onde vinham, sua percepção opaca da realidade da casa familiar e das necessidades dos filhos. Isso não era possível, contudo.

Ela se sentia extremamente cansada após a conversa. Recriminava-se por ter chorado na frente de Carlos ao falar de Pedro e uma vez mais ao se despedir dele na frente de casa. Teria preferido não ter chorado, embora soubesse que aquilo não alteraria em nada seu estado de espírito global e a perspectiva para os dias que viriam. Migalhas.

Ao final do encontro, de volta ao apartamento, subiu as escadas do prédio lentamente. Uma das mãos tocava as extremidades do cartão com o nome do psiquiatra, deixado em um dos bolsos do casaco. A cada canto, uma ponta, pontiaguda com o papel firme e a letra em relevo bordada em cima. Percorria a pequena superfície delicadamente e pensava no pai, degrau após degrau, seus muitos quilômetros de carícia nas lombadas dos livros e nas estantes, suas e alheias. Mãos longas e finas, que ela herdara e cultivava como uma certidão oficiosa de nascimento. O meu pai e suas mãos bonitas.

Ela se sentia só. No entanto, não pensava no pai para preencher uma lacuna ou tornar um pouco mais palatável a hora. Mal se dava conta de que pensava o que pensava, apenas entregue ao turbilhão interior. O dia difícil ficando para trás.

Era de se considerar, todavia, que o pai chegasse como um lugar seguro, sem surpresa nem agitação, e por isso mesmo acabasse por confortá-la de algum modo. Imaginar como ele iria se calar ao ver sua desolação era também um jeito de o trazer para perto. Seus gestos morosos, embora precisos, ao retirar um livro da pasta de trabalho e estendê-lo à filha. *"Eu terminei, é a sua vez, Ana, boa leitura."* À sua maneira, oferecia seu coração, quite a entregar com ele um mundo intangível de afetos. Os livros, suas "primeiras pátrias", à moda de Adriano. O pai, um Imperador também, com a memória somando anos e ampliando a grandeza do personagem, o preferido dos dois.

A filha, iniciada precocemente naquele universo, acolheu-o como pôde, encontrando ali alegria que confirmasse a alegria, jubilosa, tristeza que dobrasse a aposta e se fizesse mais triste. Tudo estava disponível no diário do pai e seu catálogo das muitas faces humanas.

Ele teria conhecido seu semelhante? Sem ter recebido visitas em sua própria casa, sem ter visitado a dos outros ou frequentado teatros e cafés com o grande mundo, o pai sabia, Ana estava certa disso, reconhecer em cada passante a vida descarnada, a multidão e sua marcha a esmo, a despeito das alegorias sem fim. Era desse modo que o caderno contava o pai, e a esse registro ela se aferrava. Para além dele, o pai não tinha mais nada o que dizer.

Pensar nele, ainda que distraída ou sem intenção, tinha-se consolidado lentamente como o lugar da busca e do encontro, consigo mesma, com o pai, mediados pelo já velho caderno oracular e suas muitas linhas de revelação. Naquele momento e em tantos outros mais, talvez tivesse preferido encontrá-lo, no entanto, de um modo menos esotérico.

*

Os garotos não estavam em casa, embora a noitinha já avançasse e a previsão das terças fosse de que jantassem juntos.

Sem inspiração, Ana pôs-se a preparar o jantar, seguindo o hábito já arraigado de deixar ligado o pequeno televisor instalado em um dos armários da cozinha. Não acompanhava necessariamente a programação, fossem jornais, filmes, reportagens especiais. O que lhe interessava era que algum barulho de fundo se instalasse na peça exígua e acompanhasse o ruído do que fervia, cozinhava, frigia, o tira-e-põe de panelas e vasilhas da máquina de lavar, alguma água que escorria e descongelava o alimento.

Como um recorte privilegiado, a cozinha dava a conhecer o que havia sido a vida de Ana em família, e ainda. No começo, no apartamento antigo, a preparação de lanches rápidos para a merenda da sua faculdade e do escritório de Carlos. Refeições feitas com ingredientes baratos, comprados aos montes e sem variedade em promoções de última hora. Faziam juntos, ao final do dia e ao mesmo tempo, o jantar da noite e a marmita para a jornada seguinte. Carlos concentrado em cortar os alimentos sem machucar os dedos, Ana se dedicando a encontrar o talento de que não dispunha para variar minimamente o cardápio a despeito das parcas opções. Eram momentos prazerosos.

Passavam o dia a limpo, cada um contando um pouco o que havia funcionado, o que tinha ficado a desejar, expectativas para o dia seguinte, inquietações de Carlos, personagens e histórias de Ana, projetos.

Dessas trocas viria o primeiro trabalho literário de Ana. Senão efetivamente o primeiro, o que inaugurou um tempo de alguma maturidade e segurança com as palavras. Naquela época, não havia espaço para um aparelho televisor. Pensavam, aliás, a televisão em termos do espaço que ocupava, não somente físico, mas espaço mental, cansados que chegavam ao final do dia, sem desejo de nada que não fosse um e outro e algum silêncio, sem notícias ruins ou filmes bons.

A chegada dos filhos foi modificando aos poucos esse ambiente preservado do mundo. Outros horários, outros produtos na geladeira, um jeito também outro de se olharem, ela e Carlos, quando acabava o gás de cozinha e a sopa ainda não fervia na boca do fogão. Foram integrando aos poucos as mudanças, sem tempo nem mesmo para avaliar para onde elas os levariam e de que modo, premidos pelas coisas mais simples, o apelo da vida ainda não autolimpante e irresponsável em cada passo.

Nos primeiros anos dos filhos, muitas foram as noites em que Ana, depois da jornada longa, punha-se na frente do computador para escrever. A prostração era total. Definitivamente, ela não se via como aqueles seres incríveis e raros capazes de dormir quatro horas e usar todo o resto para quase tudo, inclusive para a produção literária. Ela carecia de descanso. O batente retomaria, afinal, muito cedo. Primeiro com Henrique rondando os corredores já às cinco da manhã. Depois com Pedro e seu despertar de regra choroso, fosse por fome ou sonho ruim. Carlos fazia o que podia no pouco tempo que lhe restava entre a pequena empresa, o lar e as bricolagens. Não se encaixava no padrão marido--que-não-faz-nada-além-de-prover-segurança-material, tampouco poderia ser acusado de abandonar Ana com as crias enquanto realizava um grande projeto. Não havia grande projeto. A firma familiar havia sido herdada primeiro como um fardo e só mais tarde, vencidos os anos, se tornado para Carlos lugar de onde tirar o sustento, sem apego ou sentimentalismos.

Na equação final, não havia culpados. Ele trabalhava muito. Ela trabalhava muito. Estavam cansados e não podiam se julgar mutuamente. Os filhos eram o que eram. Um vulcão em erupção no meio da casa, todos os dias.

A memória desse tempo acompanhava Ana enquanto cortava em fatias muito delgadas a abobrinha italiana para uma receita apreciada em família. Abobrinha, alho, azeite, sal e pimenta do reino com penne. Muito rápido de se fazer, ainda mais fácil de se saborear, essa receita sem segredo tinha já muitas vezes sido alvo de chacota. Mamãe quando não quer cozinhar faz pasta com abobrinha. Porque os filhos gostavam, apesar das zombarias, e ser de simples execução, Ana pensou ser o prato ideal para fechar um dia difícil que teimava em não acabar. Seria importante não perder o *timing*. Legumes pouco cozidos, pasta pouco cozida, uma vez tudo picado a receita fica pronta de um minuto para o outro.

E nada de os filhos chegarem.

Entre uma olhadela e outra no relógio do celular, Ana voltava à tábua com o preparo. O alho devia ser cortado muito fino e pequeno, e não esmagado.

Entre uma facada e outra, o telejornal trazia a crônica do dia na televisão ao canto. De relance, Ana acompanhava a evolução do que parecia ser um rosário. Muita gente sofrendo no mundo e por motivos tão diversos. Seria possível comunicar aquela dor? Haveria uma sensibilidade geral disponível em que uns tantos e mais pudessem se reconhecer, a despeito de cores locais tão distintas? Um sentimento de empatia forjado no acumulado de misérias, tragédias e violências, legando ao mundo um mínimo denominador comum do que não pode ser tolerado?

A contar pelo azedume das notícias, não havia nada disso, apenas um espasmo instantâneo do que chamaríamos, quem sabe, compaixão, tão logo substituído por outro espasmo, fosse de susto ou urgência, repondo o trilho da vida em sua tediosa apatia. O pai teria certamente incluído em seu diário uma citação certeira para o absurdo de prosseguirmos sempre, ainda que em um mundo em ruínas. Um paradoxo.

Ana elucubrava e a tarefa com os legumes estava perto de terminar. Restaria acender o fogo e deitar o azeite na panela. Os filhos ainda fora de casa.

Uma notícia dava conta de que os supostos sequestradores da pequena Madeleine tinham sido encontrados em Portugal. Ela teria hoje por volta de vinte e cinco anos. Imaginem pais que, sem ter um corpo para ao menos enterrar, levam a vida atrás de um corpo que não existe mais, um corpo de criança perdido no tempo, para sempre. A pureza congelada no rosto de menina, envelhecida artificialmente pelos recursos tecnológicos e ao gosto das investigações, projetando um ser que talvez nunca tenha chegado àquela aparência. Sim, mesmo quando tudo se arruína, prosseguimos. Paradoxos.

Aguardo mais dez minutos e ponho a água pra ferver. Quando chegarem, tudo estará fresco e quente.

Mas os filhos não chegavam.

E quem sabe por uma malfadada e irônica coincidência, as notícias tomaram um contorno mais sombrio na pequena tela do televisor.

Já apreensiva com o atraso e calculando o quanto mais protelar a fervura da água para o macarrão, Ana percebeu uma caçada-relâmpago de um punhado de policiais contra o que parecia ser dois ou três vultos, em uma região que parecia ser o centro da cidade, em uma hora que parecia ser aquela mesma, em que esperava pelos filhos e eles não chegavam, nem sequer enviavam uma mensagem prevenindo sobre o atraso.

Naquele momento, Ana esteve certa, como das poucas certezas que havia tido até então, como o desejo de escrever, a paixão por Carlos ou a saudade do pai ausente, ela sabia que um dos vultos, àquele instante já caído no chão, baleado pelas costas, era Pedro, seu filho.

Em seu entorpecimento, não cuidava mais de ouvir tratar-se de um bando procurado já havia meses em função de assaltos múltiplos a comerciantes de rua. Tampouco se atentava para os detalhes da reportagem, indicando as vítimas de até então, as pistas cruciais para a elucidação dos crimes e o *modus operandi* do grupo. Ana se atinha apenas às imagens ininterruptas e sucessivas na pequena tela, as mesmas imagens, do começo ao fim e depois ao começo, viciosamente, como um videoclipe antigo.

A bermuda e a camiseta vestindo o corpo baleado não deixavam dúvidas. Ana havia presenteado o filho com aquele modelo, em cores sóbrias porque o garoto não se acertava com nada que fosse além do muito básico.

A cena confirmava o temor de Ana desde o evento malsucedido da invasão do quarto do filho. Havia algo mais. Não tinha como não haver. Ana não queria ter razão. Ana preferia estar errada, como pretendia Carlos, e simplesmente admitir o exagero na avaliação. Mas era ele no chão. Era Pedro. Assim se explicava o dinheiro para os livros. As horas todas passadas fora de casa e da escola. As notas medíocres e a falta de interesse por qualquer coisa que sugerisse uma mínima regularidade para sua faixa etária. Estava envolvido com algo que viria a destruí-lo, sem que Ana ou Carlos ou qualquer um pudesse intervir, mudando o curso dos acontecimentos. O que o havia motivado a uma ação extrema? Com o corpo, àquela hora, já frio no chão, Ana ficaria sem resposta, assim como esteve sobre o silêncio do pai, para sempre, condenada a apenas especular com o que dispunha. Pouco.

Agora lhe restava somente aguardar a polícia bater à porta. Sinto muito, senhora, ele estava já muito envolvido na criminalidade.

Entorpecida, Ana prostrou-se na frente do televisor, esmagando com os dedos as fatias de alho já muito finamente cortadas sobre a tábua de madeira. Dilacerado, o alimento exalava um odor ainda mais forte do que em seu estado incólume, com paredes lisas e esbranquiçadas, mas Ana não sentia nada. Respirava com muita dificuldade, embora o ar não lhe parecesse faltar, como se aquele fosse apenas um jeito de respirar em modo econômico de alguém que se prepara para uma mudança de pele, de *habitat*, de atmosfera. Não era o ar comum, respirável e quotidiano. Era o ar de Ana à beira da desconexão mais grave e total até então. Ela se deixando ir pela encantação da tela ainda ligada e suas muitas imagens e sons sobrepostos. Não era mais Pedro na superfície do televisor, era já um outro, um outro qualquer, qualquer um, caído no chão também, morto, muito morto, deixando, quiçá, alguém chorando do outro lado. Talvez nem fosse mais o mesmo jornal, talvez nem fosse mais um jornal, mas um *thriller* ruim, em um canal aleatório.

De que isso interessava naquele momento? Respiração difícil, ar quase não havia mais, quando o telefone celular tocou.

Indolente, atônita, Ana pegou o aparelho como se ainda pegasse a faca com que cortava os legumes e repetisse o gesto conhecido e mecânico de talhar uma por uma as abobrinhas, tentando manter equiparada a dimensão das fatias.

Ana, estou levando os meninos, desculpe o atraso. Eu fui buscar no colégio e quis ter um momento com eles pra conversar um pouco e planejar as próximas semanas.

Tá me ouvindo, Ana? A gente chega em cinco minutos.

Alô? Ana?

AINDA POSSO SENTIR SUAS MÃOS

Ana tinha fugido da clínica havia dois dias quando Lúcia telefonou. Estavam sem se falar fazia já alguns meses, embora tivessem tido nesse meio tempo, uma e outra, vontades episódicas de passar a mão no celular e dizer *"oi, sinto sua falta, como estão as coisas?"*.

Lúcia podia ser considerada, sem medo de excesso, a única amiga de Ana. Haviam se conhecido no primeiro dia do colegial, depois do que iniciaram uma relação de muita proximidade anos afora. Almoçavam e estudavam juntas, pegavam o mesmo ônibus na volta para casa. Ana, de regra mais aplicada, tomava-lhe a lição nas vésperas das provas, tendo chegado a improvisar uma espécie de cursinho de recuperação, salvando a amiga de duas ou três reprovações. Dessa dedicação sem expectativa aparente de retorno, Ana recebia o ganho não previsto, a interlocução sem fim e o aprendizado do afeto físico que sempre lhe havia faltado em casa.

À primeira vez que, surpresa, deixou deitar-se no colo de Lúcia no intervalo das aulas, seguiram-se outras tantas, regadas a cafunés, carinhos e trocas sobre todo e qualquer assunto. Tímida e sem traquejo para o convívio mundano, Ana foi se permitindo entrar, pelas mãos de Lúcia, naquele universo de expressões. Não lhes interessava o olhar curioso do entorno ou a maledicência enciumada dos outros adolescentes. Elas só queriam saber de si.

Em uma época e idade de experimentações, foram, à sua maneira, amantes, sem sexo ou compromisso. O que as conectava era a afinidade de uma com a outra, e o que iriam passar juntas, um dia a mais, enquanto os encontros com os garotos podiam esperar. Como também os convites de outras colegas para fazer qualquer coisa que não fosse só as duas.

A ambiguidade pairava no ar para quem as via de fora e encontrava na cena a expressão de uma proximidade exagerada. Para elas, sem ainda conhecer o amor de meninas ou de meninos, o encontro era o lugar da descoberta da troca, do riso em comum, da afinidade espontânea.

Ana via em Lúcia o fim das horas de silêncio e das questões que não se colocavam. Quando não sabia responder, a amiga inventava, movida pelo que rapidamente entendeu confortar acima de tudo, uma palavra qualquer. Já Lúcia tinha na atenção de Ana uma chance de escapar, o quanto durasse o momento, ao quotidiano familiar sufocante com um pai violento.

Embora formulassem ainda com dificuldade as desventuras domésticas, compreendiam-se pelas frestas, nos jogos de adolescentes e nas promessas de amizade para durar "a vida inteira".

Eram amigas tal como iam se moldando, no improviso e na urgência. Enquanto o corpo não se decidisse a tomar jeito, modelando uma curva e outra ou dando trégua à acne, seguiam em um mundo paralelo feito delas e para elas, sem hipótese de intrusão.

Lúcia, alta de um metro e oitenta desde os treze anos, arqueava-se sobre si de vergonha dos peitos que não tinha. O tipo andrógino das formas do corpo contrastava com a beleza aguda dos traços, boca, olhos, nariz. Ana, por motivos distintos, também ignorava o corpo, para ela, àquela hora, apenas suporte da cabeça, onde tudo acontecia.

Nem mesmo a escolha por graduações diferentes abalou a cumplicidade das amigas. Ao contrário, embora imersas em um contexto que tudo parecia tirar do lugar, a entrada na universidade deixou mais intensa a busca de uma pela outra, referência e porto seguro recíprocos em um tempo novo de cabeça para baixo. Falavam-se todos os dias, viam-se todos os finais de semana, na regularidade de um afeto já cativo.

Na morte do pai, Ana teve em Lúcia o único conforto para aprender em tempo recorde a lidar com as peripécias da despedida. Ao lado do corpo estendido, foi Lúcia quem chorou com as mãos de Ana nas suas. Talvez por desejar a morte de seu próprio pai e lamentar a ordem ingrata das coisas. Ou ainda porque, sabendo de Ana e suas muitas horas de silêncio ao lado do homem morto, já pudesse antever a casa ainda mais vazia e o desterro da amiga amada.

Apenas a chegada de Carlos viria colocar em suspenso aquele idílio juvenil.

Tudo aconteceu muito rápido. Os telefonemas, até então diários, foram se espaçando, se espaçando um pouco mais, até se esfumaçar em ligações pontuais e desprovidas de assunto, concluídas em geral com um melancólico e implausível "até breve", que de resto demoraria a chegar. Viam-se raramente e cada vez mais acompanhadas de Carlos, a quem Ana fez questão de apresentar logo no primeiro encontro, efusiva, como se tratasse da encarnação de algum dos seus amantes imaginários, de quem Lúcia sempre havia caçoado.

Carlos, esta é Lúcia, minha amiga.

Era previsível que Lúcia vivesse o distanciamento como uma violenta ruptura. Enquanto a vida de Ana se transformava dia a dia com a chegada da paixão e do corpo físico, Lúcia tentava achar um jeito novo de preencher e organizar a rotina, sem paixão e sem corpo. Seu primeiro namorado demoraria ainda a chegar, seguido de inúmeros outros, até o encontro com Arthur, com quem finalmente se casaria e de quem se separaria nove anos depois.

Passada a dureza inicial da relação transformada, as amigas voltaram aos poucos a se frequentar, então com seus companheiros. Ana com Carlos, Lúcia com o homem do momento. Posteriormente, casados, os quatro se visitavam, embora com pouca ou quase nenhuma regularidade. Nessas ocasiões, a alegria de rever uma à outra era genuína, ainda que a relação parecesse um arremedo do que havia sido. Uma relação de adultas com agendas e prioridades próprias, sem simbioses adolescentes.

A intimidade acumulada na juventude entre as amigas, com piadas internas e referências cifradas, poderia incomodar os maridos, assim como havia se dado com um dos companheiros de Lúcia em uma e outra ocasião. Carlos, por sua vez, jamais teve uma menção sequer de reprovação ou censura em relação àquela troca que, remodelada, representava a única abertura do exterior sobre o mundo preservado de Ana.

Decidida após a separação de Arthur a não mais se relacionar seriamente com ninguém, Lúcia se dava a encontros esporádicos e sem complexo. Ana não a julgava, embora lhe pedisse cuidado com uma promiscuidade que, cedo ou tarde, pudesse lhe trazer algum risco.

Nesse ritmo, e em razão de inúmeras viagens dentro e fora do país com seu trabalho em uma produtora de audiovisual, Lúcia acompanhava de longe a vida da amiga. Os empregos, o livro premiado, a mudança de apartamento, os embaraços financeiros, a dificuldade na primeira gravidez, a chegada do segundo filho. Habituaram-se a se encontrar por meio de plataformas digitais, pelo computador, em tela grande, e com hora marcada. Lúcia nos quatro cantos do mundo e com fusos diversos o suficiente para embaralhar a cabeça de Ana e sua agenda sempre tomada.

Ainda que o tempo de proximidade diária e física tivesse ficado longe no passado, elas preservaram uma conexão afinada que testemunhava, como um tira--teima, sobre um amor de meninas que soube ocupar os poucos espaço e tempo disponíveis na vida da maturidade. À sua maneira, elas se cuidavam.

Foi com esse sentido de cuidado, embora alheia aos últimos acontecimentos da vida de Ana, que Lúcia lhe telefonou de um quarto de hotel, na pausa entre uma série de deslocamentos.

À simples verificação do nome da amiga vibrando no celular, Ana sentiu a emoção subir pela garganta, marejando os olhos. A fragilidade em que se encontrava lhe fazia ignorar naquele instante sua sabida falta de jeito para todo e qualquer tipo de sentimentalismo. Abrigada na primeira espelunca que havia encontrado entre a clínica e a rodoviária, sem demora tomou nas mãos o aparelho e respondeu com a voz embargada.

Lúcia, abre o vídeo, eu preciso te ver.

Na tela do celular, frente a frente uma da outra, Ana submergiu em um choro sentido, daqueles que fazem sacodir os ombros, em espasmos breves. Não sabia por onde começar, e as lágrimas, de algum modo, abreviavam qualquer preâmbulo, levando-as ao epicentro de tudo. Do que sabia Lúcia? Divórcio? Pedro? Crises? Ela não sabia de nada do que havia nos últimos meses revirado a vida da amiga, ainda que, quando de sua última conversa, tivesse advertido Ana sobre o excesso de notícias, o excesso de trabalho, o excesso de controle sobre tudo.

Com aparente tranquilidade, Lúcia se calou para ouvir o choro então já abafado de Ana, olhando-a fixamente nos olhos, a despeito da tela e seu olho mágico truncando olhar e intenção. Apenas ao perceber que a amiga serenava aos poucos, intercalando alguns soluços com um riso que despontava leve e envergonhado no canto dos lábios, Lúcia se manifestou.

Vejo que liguei em uma hora difícil, minha amiga. Vamos conversar.

*

Naquele dia fatídico, a chegada de Carlos e filhos ao apartamento da família serviu como um ponto de não retorno às relações havidas até então.

Para Ana, impossível a partir dali dissimular ou negligenciar a encrenca na qual se encontrava. Para Carlos e filhos, impossível desconsiderar a cena presenciada na cozinha ou subestimá-la como algo de menor importância. A visão da ex-mulher e mãe absolutamente colapsada em frente ao aparelho de TV, alheia à chegada e à consternação de Carlos, Henrique e Pedro, serviu, de algum modo, para reconectá-los em um lugar improvável, onde se misturavam culpa, surpresa, raiva, desorientação.

Com o peso da impotência frente à cena indesejada e com todo o desatino que a situação envolvia, eles tomaram Ana pelos braços e seguiram com ela para o hospital. Respondiam à crueza dos acontecimentos da forma como ditava a natureza de cada um. Carlos, alarmado, embora com o senso prático dos sobreviventes. Henrique, a explosão inflamada, com as mãos trêmulas sobre o colo e desejos de evasão. Pedro, um misto contraditório de circunspecção e comoção.

Ao longo do dia, o que teria se passado com aquela mãe, de quem haviam se despedido seca e brevemente pela manhã?

O diagnóstico não demorou a aparecer, uma vez Ana colocada em repouso por alguns dias em uma clínica e acompanhada por uma equipe de cuidados. Estava em um nível máximo de estafa e estresse, possivelmente responsáveis pelas crises agudas de ansiedade que, pela primeira vez, foram reveladas por Ana sem autoironia ou desapreço.

Carece energia para rir ou ter pena de si mesmo, e Ana estava vazia. Contou à médica episódio por episódio, com a riqueza dos detalhes registrados por uma memória desde sempre privilegiada. Não chorou, não se afetou. Diversamente, parecia fria e distante, como que anestesiada. Em seu relato, ela era ela e uma qualquer, como se a personagem principal não alterasse em nada a origem e o rumo das peripécias.

Como se contasse uma história que ela mesma havia inventado, Ana cuidava de explicitar as passagens em que, sem que ela tivesse percebido no momento da ocorrência, acontecia algo como uma quebra entre sua vida real e sua vida imaginária. Da embriaguez no banheiro do restaurante, em que conversava com pensamentos aleatórios, ligeiros, embora seus, à multiplicação inventada de mil Anas no espelho, táteis e sensuais como ela mesma. O corpo liso sob a água, a cabeça ainda emersa no limite entre os elementos, e logo a sensação que descontinua, levando as pernas de chumbo para o fundo.

Na avaliação médica, ela precisaria descansar, enquanto um par de remédios fizesse seu efeito, associados a um acompanhamento terapêutico que, sem poder refugar em um primeiro momento, Ana acabou por conceder.

A terapeuta a ouvia com destacada atenção, solidária, talvez, à solidão abissal que, sabia ela com segurança, acompanha os momentos de pânico. O sentimento de ceder à loucura, de se perder nela sem chance de regresso, como se fosse aquele estado a verdade das coisas, e a normalidade do bem-estar, um teatro inventado.

Ana e seu excesso de verdade e controle, sua angústia sem fim. Seu mundo organizado para sobreviver às ausências.

Dali ela deveria seguir. Mas o faria à sua maneira.

Foi assim que, dos sete dias previstos para permanecer na clínica, Ana cumpriu apenas três, escapando no quarto dia pela manhã, em um vacilo na troca de turno do pessoal de enfermagem e segurança.

Dos dias internada, teve visitas regulares de Carlos e Henrique, segundo um revezamento organizado sem furos, preenchido com entretenimento e pequenos mimos.

Embora agradecida pela presença aparentemente serena dos dois, Ana passava a maior parte do tempo calada, fingindo atenção ao que contavam e propunham no intento de encher as horas muito vazias.

Entrincheirava-se em seus pensamentos, repassava os episódios na ordem em que haviam sucedido, abandonava-os sem resposta. A sensação de ter sido negligente com a própria saúde concorria com a quase certeza de não ter podido fazer de outro modo, afinal, aquilo era real e não era, e sua danação tinha sido exatamente não ter sabido distinguir uma coisa da outra.

Sob protestos de Carlos, Pedro preferiu não ver a mãe naquele espaço, alegando excesso de avaliações e atividades no colégio. Na opinião do pai já acuado pelos acontecimentos, obrigá-lo teria sido mais uma catástrofe.

Em sua cabeça de garoto, ela era sua antagonista, e o fato de vê-la frágil mobilizava nele um sentimento simultâneo de raiva e apreensão. Em casa, encarregou-se do que não pôde se livrar, substituindo a mãe nas tarefas básicas de ir ao supermercado, triar o lixo, desmarcar, sob justificativa, as aulas particulares que se enfileiravam no dia a dia. Sabia que, cedo ou tarde, e preferia que fosse cedo, teria que se haver com a mãe de volta à casa, e da forma como ela chegasse.

*

Lúcia se inteirava dos acontecimentos com uma calma surpreendente para a ocasião, como se tivesse aguardado desde sempre o telefonema em que iriam ter aquela conversa. Não porque achasse que Ana era um alvo preferencial de uma crise de ansiedade, mas por saber que ela, como qualquer outra, se submetia a um tempo perverso que acelerava tudo, que invertia prioridades, que se impunha soberano e sem escrúpulo a partir de dentro da vida das pessoas, rompendo os limites do corpo e confundindo os planos de cada um.

– O pânico é o cachorro preto dos anos 2000, Ana – testou Lúcia ao lembrá-la de um texto compartilhado na adolescência, em que Paulo Mendes Campos falava da depressão e de como ela chegaria para todos e cada um, inevitavelmente.

– Eu não vi chegar cachorro nenhum, Lúcia. Tanta coisa aconteceu nesse meio tempo. Eu estava tão cansada, eu estou tão cansada. Achei que era só um momento mais complicado da vida, com tudo ruindo um pouco, e que iria encarar, como sempre fiz. Foi desse jeito. Até agora estou um pouco sem chão, tentando entender o que aconteceu.

– Vejo muitas camadas, Ana. Dor velha com dor nova.

– Sim, muitas. A separação foi uma pancada, parecia mentira, Lúcia. Pensei: Carlos está meio confuso, mas logo volta ao eixo e larga mão dessa maluquice. Mas não foi assim. Não era mentira, não era loucura, ele estava farto da vida doméstica. Eu só fui entender depois.

– E você, como estava?

– Acho que exausta também, mas não vi chegar. Por que não pulei do barco primeiro? Nunca pensei nisso. Gostava do nosso jeito. Achava que éramos acertados um com o outro, com os meninos.

– Tudo parecia, sim, muito acertado, Ana, até onde é possível.

– Sim, eu superestimei o possível. Eu criei o que eu quis. Era preciso algo concreto, harmônico. Lia histórias horrorosas na internet, Lúcia, coisa muito pesada, abandono, violência, maus-tratos em família, ficava com dó daquilo, como se fosse algo totalmente fora da minha esfera de preocupação, impossível de acontecer, encaixado só mesmo naqueles relatos ruins, que nem reais pareciam ser. Vez ou outra sonhava com aquilo, me via saindo de casa, sem voltar, sem chegar a lugar algum. Acordava agoniada e depois o alívio: não era real, era um sonho, uma criação minha sem a minha autorização.

– Toda essa energia criativa desperdiçada sem escrever, amiga?

– Uma linha sequer. Nas primeiras semanas com Carlos já fora de casa, vivi em um limbo: sonhava, pensava, inventava, tudo junto, tudo concertado de modo que, ao final, ele voltasse em algum momento. Não voltou. No sonho, era eu que partia. Na vida com os olhos abertos, nem pensamento, nem invenção, nada trouxe Carlos de volta. Tinha só a vida dura e crua como ela era. Eu tendo que dar conta.

– E desde quando você nasceu pra mártir, Ana?

– Eu sei, eu sei. O quanto eu gosto de drama, Lúcia, você que me conhece há tanto tempo? Diz pra mim.

Com um olhar ao mesmo tempo seguro e cúmplice, Lúcia sinalizou negativamente à amiga.

– Pois é, eu de-tes-to drama. Eu comecei a refugar, a desprezar aquilo. Ele quis ir embora? Que vá, que fique, que não volte nunca. Já disseram isso?

– E com maestria.

– Eu pensava: eu vou seguir, eu vou arejar meus dias, eu vou retomar coisas que estão paradas, eu vou escrever. Pensava assim. Como se fosse um jeito de ir à forra, mandar Carlos pra puta que o pariu com sua crise de meia-idade, em que eu não podia ajudá-lo e ele não queria ajuda.

– Ana-dona-da-situação, no controle de tudo.

– Esse tom altivo, superior, durou três dias, no máximo. E me vi envolta na rotina da casa, mais puxada sem ele. Acha que os garotos toparam fazer o que o pai fazia no cuidado da família, da vida em comum? Merda nenhuma, Lúcia! Me viram desde o primeiro momento como a megera que não segura marido. E nessa altura do campeonato eu tendo que olhar pra eles e tentar descobrir de onde tinham vindo, já que de mim não poderia ter sido de jeito nenhum.

– Você tem uma família clássica – interrompeu Lúcia brevemente, com uma expressão maliciosa.

– Imagina isso, Lúcia, com o buraco e a desordem da partida do marido, você coloca junto uma rebelião no seu próprio campo, com bomba, torpedo, fogo. Agressões. Deles comigo, eu com eles. Qualquer coisa era motivo pra provocações, trocas ríspidas, ironias. Tarefas diárias, horário do colégio, arrumação do quarto, tempo no banheiro, tempo na internet, o que comiam, o que não comiam, disputas entre eles por tudo e por nada. Quanto mais sentia que perdia a autoridade sobre eles, mais me exasperava, a paciência indo pro ralo. Tudo ficando feio. Ficando cada vez mais feio e irreconhecível a cada dia.

– São adolescentes, Ana.

– Num dado momento, pensei em matar todo mundo.

– Ahhhh, agora sim! – dispara Lúcia com uma sonora gargalhada.

– Lúcia, você está rindo, mas eu estou falando sério. Todo mundo. Inclusive Carlos, já em outro apartamento, vai saber se com alguém. Chamaria todos em casa pra uma conversa, um ajuste dos ponteiros. Envenenaria os três e me mataria na sequência. As janelas fechadas, a casa silenciosa, só dariam notícia de nós quando a coisa começasse a feder. Acontece que não nasci pra isso. Tem que ter estômago e minha gastrite é crônica. Não sou uma mau caráter amalucada, mas o delírio, que depois, aliás, vi relatado tal e qual numa reportagem estrangeira...

– Ana, pelo amor de deus!

– Calma, deixa eu te contar, só pra te dizer que esse delírio dá a medida do quanto um sujeito pode ficar revirado num momento de turbulência. No caso, o pai de família tinha se metido em uma dívida impagável e, não podendo honrá-la, preferiu matar a família e a si mesmo, para não ter que cuidar do assunto e encarar a honra suja pelo compromisso não cumprido.

– Minha amiga, em que te ajuda essa história se não for pra escrever a sua própria?

– Imagina se a moda pega e cada um que tem uma fatura nas mãos resolve repetir o expediente? Haja psicanalista pra desfazer o mal-entendido e bombeiros pra catar os restos...

– Em que te ajuda?

– Ajuda a pensar, Lúcia, a projetar, ver de outro jeito. No meu caso, ia sobrar fatura, boleto, conta caindo sobre a cabeça de todo mundo. Os meninos me cobrando por eu não ter sido uma mãe como aquelas outras tantas da escola. As que fazem carinho, as que são compassivas, as que são pacientes e repetem o mesmo comando cinquenta vezes antes de explodir, as que se abrem para o mundo dos filhos como se dali pudessem entrar em um portal para um tempo novo e extraordinário. Carlos cobrando a família por não ter podido sair por aí gozando a vida, mas, ao contrário, ter se enfiado tão cedo em uma atmosfera doméstica finalmente castradora, depois de uma infância e adolescência que mais tiraram do que ofereceram abertura e lugar pra sonhar.

– E os seus boletos? Se é pra pensar, e os seus boletos, Ana?

– Eu, enfim, eu, cobrando também, uma grande fatura ainda em aberto por tudo o que dei sem levar em troca e por isso mesmo deixei de fazer o que queria ter feito. Amiga, eu tinha planos de escrever, de viajar, de ter longas horas só pra mim no meu pequeno mundo só meu. Será que não queria ter tido outra vida? Será? Eu já ganhei um prêmio com o meu trabalho, Lúcia, e isso ficou tão longe que não consigo nem mesmo olhar pra trás e inventar uma vida que não tive finalmente. De que me adianta, então, essa pergunta, essa dúvida agora?

– Justamente. A comparação não te ajuda nem a pensar ou vai querer viver de acerto de contas?

– Não, não vou. Eu tive a vida que tive até aqui e foi assim que sucedeu. Então, eu pego os boletos e engaveto. Penso neles pra refugar cada um. Não quero esse sem-fim. Me deixasse eu falar com meu pai sobre boletos. Ahhh, aí sim, ia ser uma bela de uma fatura de umas tantas páginas, com juros e correção. E isso sem pôr a mãe no meio, coitada, afinal, quem foi essa mãe? Mas, pense bem, nessa altura do campeonato, vou ficar requentando dívida, Lúcia, como se eu tivesse uma história inédita no meio de tantos credores e devedores a varejo por aí? Me diz.

– Sim, Ana, zero originalidade em se dependurar em boletos, os que vieram antes, os que nos seguirão. E ainda que fosse original, restaria inútil.

– Eu sei, amiga, no meu discursinho parece mais simples do que é, e minha tara com os *fait divers* não serve pra nada. Ao menos reconheça o meu esforço pra não aceitar faturas e boletos como sina e que o que eu apenas fantasiei aconteceu com pessoas de carne e osso, já mortinhas debaixo da terra.

– Eu reconheço, Ana. Eu vejo você passando a limpo seu caminho. Não vejo revanche, mas uma pergunta legítima.

Abruptamente, Ana corta a amiga, como que sem ouvi-la terminar a frase:

– E, Lúcia, tem outra coisa. Tem uma questão complicada aqui. Eu não fantasio sozinha. Olha o Pedro. Ele está completamente convencido de que existe uma mentira, um complô global que faz crer que a terra é redonda.

– Sim, amiga, a terra plana é velha como os boletos.

– Por mais que isso desperte meu ódio, de que vale eu tentar convencê-lo de que ele está errado, de que a mentira é justamente o que ele considera verdade. Ele a-cre-di-ta, Lúcia, ele a-cre-di-ta naquilo. Pra ele, por acreditar, é verdade, ninguém inventou, ninguém criou, e alguém está tentando sabotar, por qualquer motivo seja ele, pela ciência ou pelas evidências mais simples. É de lascar, Lúcia! O Pedro seria o primeiro na minha fila do envenenamento, ahhhh, seria sim, sem dúvida alguma.

– Você já foi mais pacífica, Ana.

– Mas, como? Tentei conversar, estudei pra argumentar, pedi trégua. Nada adiantou. Os últimos acontecimentos trouxeram uma pausa. É, você pode imaginar, mas andamos atravessados um com o outro. O menino chega em casa com pai e irmão, vê a mãe babando na frente de uma TV e nem se comove?! Nem me visitar na clínica ele foi, Lúcia! De todo modo, não achei ruim. Achei, sim, achei, mas nem tanto. Ia falar o quê? *"Oi, filho, agora que me viu muito doida pode parar com seus próprios desvarios?"* Que tal? Não dá.

– Talvez se você não tivesse fugido da clínica, Pedro tivesse te visitado em algum momento – dispara Lúcia com um quê de ironia.

– Acho improvável. Mas isso agora não importa. Meu tempo nesta pousada de quinta sem janelas é também para pensar. Tenho que pegar de outro jeito, agora já com Carlos na jogada e atento. Este, ah, achou que eu estava exagerando, que extrapolava por viver muito na internet e ver a insanidade do mundo. Caiu na real só quando, com seus próprios olhos e ouvidos, falou com o filho e ganhou uma aula de terraplanismo. Ficou puto, quis bater no menino.

– Vejo que a família toda já foi mais pacífica.

– Se foi! Bater eu também já quis. Mas não vai poder ser por aí. Sabe a sensação de estar por um triz de perder alguém? Claro que sabe. Meu coração está pequenino, mas vamos dar um jeito. Li ontem na internet sobre...

– Ana, paaara, me escuta...

– Calma, eu sei que tenho que diminuir a piração com as informações, com as notícias, foi uma entrada apenas pontual, com foco, li ontem sobre grupos de apoio aos negacionistas.

Lúcia balança a cabeça de reprovação, visivelmente impaciente do outro lado da tela.

– Sim, tem isso agora, Lúcia. Eles dão umas dicas sobre como lidar com essas pessoas, negacionistas de todos os tipos, climáticos, antivax, terraplanistas, todos. A regra de ouro é tentar disputar espaço com o que a negação representa na vida deles. A negação que é real, crucial pra quem crê. O que o Pedro busca com essa história? Que vantagem ou ganho imediato ele tem em se misturar com esses fanáticos? É interessante o jeito de abordar a coisa...

– Interessante?

– Digo interessante ao pensar que o povo mexe em todas as gavetas e acaba descobrindo um jeito de encarar o intratável, mas, para ser sincera, acho uma bosta ter que ficar tentando adivinhar o que leva o Pedro, com a vida confortável e estruturada que ele tem, a achar vantajoso em se misturar com pessoas que, para mim, estão no último grau da ignorância. *(Pausa, respiração e retomada com a voz novamente embargada.)* Eu sei que o momento é delicado, que preciso fazer uma pausa de tudo, não ir mais rápida do que eu mesma, mas é difícil.

– Ana, o Carlos, o Pedro, as horas sem conta de evasão na internet, tudo parece ser parte de uma mesma equação. Como a Ana pode e quer viver com o que saiu do seu planejamento? Que vida "confortável e estruturada" é essa?

Aparentemente ignorando a pergunta da amiga, Ana sufoca o choro e retoma seu fluxo de raciocínio.

– Já imagino rever Pedro, tentar reabrir um canal, trazê-lo pra perto de mim, falar um pouco da realidade e sua reação: *"Logo você, mãe, você que me viu morto numa tela de televisão, você que inventou uma caçada, um bando, uma fuga, vo-cêêê, você vem me dizer que estou inventando coisas, acreditando em bobagens???"* Só de pensar dá vontade de voltar pra clínica, minha amiga. Ficar lá, esquecer os filhos, as aulas, as páginas que não escrevi, deixar tudo pra trás.

– Já pensou na aflição dos três sem saber onde você está já há dois, três dias?

– Pensei. Mas podem suportar isso. A primeira grande ideia que tiveram foi me internar em uma clínica. Como acha que me sinto com essa escolha? Esse é o meu momento, preciso dele. Carlos vai segurar a onda com os dois.

– Ana, saia ao menos dessa hospedaria horrorosa. Meu apartamento está fechado, vou liberar o código na portaria. Tem roupa, tem mais conforto. Fique o quanto precisar. Posso ajudar com algum dinheiro até você se reorganizar.

Aos poucos, o desabafo de Ana dava a Lúcia a noção de onde a amiga se encontrava. Não surpreendia que o relato fosse muitíssimo diverso do que havia sido apresentado ao velho ginecologista e mais tarde à terapeuta, ironia ou frieza a cada turno. Com Lúcia isso não era possível. Não com ela. Ao contrário, aquele era o momento em que Ana talvez sangrasse pela primeira vez. O que contava, sentia. A raiva era muito ardida; o desamparo, sincero. A personagem principal da ficção e da realidade era Ana, nenhuma outra, sem saída ou engano.

Diferentemente disso, Lúcia acusaria um flagrante delito, segura em conhecer Ana o suficiente para antever seu passo maldado ou sua farsa. Observava a amiga de um lugar privilegiado, perto o suficiente para lhe antever as impressões mais agudas, longe o bastante para assistir de fora o drama humano sob seus olhos.

A mulher das produções audiovisuais, no final das contas, Lúcia estava à vontade como que em seu ofício, com a diferença ineludível de que, naquele filme, a heroína era Ana, a sua Ana, e estava em apuros. Assim, dedicava ao momento a sua melhor escuta, com os olhos muito verdes abertos sobre a tela, captando a aceleração de Ana. Ouvia tudo praticamente em silêncio, com uma intervenção ou outra, fosse de graça ou desaprovação.

Ainda menos maternal que a amiga, Lúcia não cuidou de ampará-la com palavras reconfortantes, desancoradas do que via, ou ainda ladainhas sobre confiança e doação. Ela também, à sua maneira, já havia conhecido um bocado do mundo que não lhe autorizava – e ainda menos com alguém tão amado – esse tipo de saída simplória, ainda que eficaz. Seu olhar sobre as coisas, quase todas elas, era frio e sem cálculo, como se tudo já estivesse dado de véspera e não a surpreendesse nunca. Que Carlos quisesse correr atrás de um tempo julgado perdido, não fazia dele nem o último nem o primeiro. Que Pedro estivesse seduzido por vigaristas organizados em rede, não mudaria um centímetro o curso das grandes trapaças milenares. Ana subjugada a uma vida da qual não tinha nem um átimo do controle que pensava ter? Mais uma na grande roda da ilusão.

Com esse espírito, Lúcia acompanhava os rumos da vida ordinária, a sua, a dos outros, a do seu tempo: como uma longa marcha penosa e inevitável de degradação. Do corpo porque envelhece, porque adoece, porque é vilipendiado de tantos modos. Da moral, porque ela também tem preço, é negociada como tudo o que se põe no mercado e circula ao gosto do interesse. Das relações, porque não há tempo nem disposição em mantê-las longevas, sem as trocar pelo que há de mais novo e aporta. Que sua amizade com Ana escapasse a essa conta trágica, ela explicava apenas pela excepcionalidade contida em toda regra.

Sabendo-a desse jeito, quantas vezes Ana já não havia se indisposto com Lúcia, conjurando-a com todas as agressões possíveis, leves, grosseiras, todas elas. Ora a amiga *blasée*, apática, insensível, ora a mais cínica dos cínicos.

Lúcia ria dessas altercações, pois conhecia também o humor, que, em suas mãos, era matéria e picardia. Não cedia às provocações da amiga, ou, em todo caso, não sem ao menos lhe oferecer a réplica devida, como quem dá um tiro de misericórdia. *"Você certa vez me fez ler um livro intragável de seiscentas páginas em que o seu autor fetiche da época chamava os homens de 'podridão em suspenso', e agora sou eu a cínica por apenas concordar com ele? Ora, ora, minha cara, faça-me o favor!"*

Essa era Lúcia, e o apoio que dela se poderia esperar não cedia jamais à confiança ou ao entusiasmo com um mundo que para ela se degenerava a passos largos, tornando-se cada vez mais irrespirável. Talvez por isso, ao ouvi-la, ela tivesse simplesmente querido dizer a Ana, *"é difícil, amiga, vamos encarar"*, sem ceder a sentimentalismos que a denunciassem no primeiro ato.

Tão ou mais conectada do que Ana nas entranhas do mundo, Lúcia sabia do ódio crescente e aparentemente gratuito entre as pessoas que se atiram, se xingam, se cospem, se dilaceram na ágora digital sem se preocupar com o que há do outro lado da tela, afinal não há nada. Ela sabia das legiões que se enredam com mentiras contadas à exaustão sem mesmo ter que se haver com a qualidade barata e implausível do que se conta e se repete. Ela sabia – e como sabia! – da rapidez com que o supérfluo, o fútil e o desprezível comem o planeta por dentro e por fora na moda de um consumo ávido e inegociável. Ela sabia de tudo, da fome que devora as pessoas, uma fome também sua, ela naquele mundo. Mas Lúcia levava sua vida. Sem parar em lugar algum. Sem se ater a nada. Sem fingir que não via, apenas com irada resignação.

Tinha sido nesse mundo, sozinha, sem que ninguém o tivesse sabido, nem mesmo Ana, sua única amiga, em que ela também havia mergulhado no poço fundo do pânico. Sim. Ela conhecia aquilo, de dentro, por dentro, um diferencial a mais para sua acolhida e seus olhos crepitantes na pequena tela brilhante.

Lúcia conhecia o seu jeito de chegar, aprendera a identificar a maré como uma visita ruim, que vem e toma tudo. Percebia a respiração começar a faltar, os órgãos se contraírem por dentro como espremidos por uma prensa, as mãos sempre suadas e frias, o medo – que podia ser também um desejo irresistível – de cair do vigésimo andar.

Ela sabia que era tudo inventado. Condições extremas do corpo que induzem a estados mentais imponderáveis. Estados mentais na fábrica das sensações. A opacidade. O embaralhamento. A porosidade das linhas de fronteira. Se pelo menos ela pudesse parar de pensar, não haveria mais nada.

Ela sabia que não era mentira. Era no corpo, ele é que sentia. O corpo singular. O seu corpo no passado. O corpo de Ana no presente. O corpo atemporal. Ambos, em momentos distintos, transitando na realidade total e fragmentada, sem dar conta da experiência, inventada, criada, vivida, inapreensível.

Por isso talvez, ao relato de Ana, Lúcia tivesse podido reagir apenas com seu próprio relato, para que falasse por si, por não ter mais nada a dizer. E que com sua mão grande sobre a tela, convidasse as de Ana para a única encantação possível. Unidas na tela, quentes uma sobre a outra, borravam de modo definitivo as linhas divisórias que restavam de pé. Mãos reais. Toques virtuais. Mãos e toques reais e muito quentes na respiração concatenada de ambas, os pés inteiros chapados no chão, chãos de Tóquio, da América do Sul.

Respira comigo, Ana. Um, dois, três, quatro... quase o mesmo ar, a mesma pulsação.

Lúcia estava ali, ao lado de Ana. É difícil, minha amiga, mas vamos encarar.

A VIDA NA BORDA

Ana telefonaria finalmente para a família depois de se instalar no apartamento de Lúcia.

O imóvel, desabitado já havia alguns meses, tinha um cheiro discreto de mofo sob as janelas e persianas cerradas. Talvez fosse aquele odor e penumbra o que melhor traduzia àquela hora entrar na intimidade de alguém distante e, contudo, tão próximo.

Aos poucos, Ana foi reconhecendo os rastros da amiga naquele espaço não visitado durante tantos anos. Pouquíssimos móveis. Decoração despojada, exceto pelos inúmeros quadros nas paredes, dos banheiros à cozinha, sala, corredores. Cenas de filmes antigos e estrelas de cinema adornavam o lugar. Em uma estante, incontáveis livros, dentre os quais Ana identificou sem esforço a capa do seu primeiro e único romance, *O inusitado caso de Eva Cohen*, com um autógrafo à amiga: "Para Lúcia, com amor, A.".

Aquele livro, que lhe havia rendido um prêmio e precoce notoriedade na cena literária do país quase vinte anos antes, foi a companhia nas primeiras horas de Ana no apartamento.

Ela voltou a ele como quem passa uma história a limpo.

Para ela, o texto restava atual e com o frescor dos primeiros dias. Reconhecia nele sua assinatura e se orgulhava desse primeiro trabalho realizado com o ardor de jovem adulta decidida a só fazer literatura na vida.

Eva era sua anti-heroína, contada em primeira pessoa num só trago de quase trezentas páginas em que a personagem, aos poucos e a partir de peripécias entre grotescas, dramáticas, improváveis, hilárias, se mostrava ao leitor.

Eva e sua sensibilidade peculiar, a de pôr-se a amar tudo o que lhe parecia digno de alguma pena. Os muito feios com deformações nos olhos ou lábios, aquelas com muito pouco cabelo ou tomadas pela acne, os malcheirosos com marcas lunares amareladas nas camisas, as tímidas em excesso, os que se encontravam sozinhos ou aparentemente isolados em algum evento social, aquelas e aqueles todos pobres, miseráveis, nas filas dos restaurantes populares ou esperando o trem após um dia longo de trabalho, os humilhados pelos pares após comentários sem propósito, os que não podiam ler Rosa na língua de Rosa... Nada lhe escapava.

Eva queria tomá-los para si, colá-los em seu corpo, na sua voz, como que para cobrir sua própria existência descarnada. À sua simples visão, o amor brotava como um chamado e, sendo chamado, acionava em Eva maquinações para que todos aqueles esquecidos de deus tivessem um momento que fosse de alguma pausa, uma suspensão em sua existência de morte.

Como o erro de avaliação estava na origem de seu julgamento, Eva tinha diante de si todo um catálogo de mal-entendidos e quiproquós. Ao passo que intrigava seu leitor por ser rara, despertava contra si, ela também, todo tipo de vilania e... piedade. Assim a história se passava.

À releitura do seu próprio texto, Ana se emocionava em algumas passagens. Menos talvez pelo destino trágico de sua personagem, mas por um travo de nostalgia daquelas longas noites passadas em claro, em que o mundo se reduzia a ela, Carlos e Eva. Antes de tudo mudar de rumo.

Não tinha sido nem a primeira nem a última escritora a abandonar precocemente seu ofício. Aliás, ofício para ela, passado o alvoroço inicial e único com o primeiro livro, eram traduções e aulas de língua se enfileirando e garantindo as compras do mês e, mais tarde, o material escolar.

No mais, era só a literatura, um jeito particular de contar a vida breve, paixão de início adquirida pelo hábito de se conectar ao pai, de buscá-lo onde ele estivesse, e mais tarde cuidada com o gosto dos amantes. Aquele pai que, não sendo escritor, captava o mundo no pulso dos que escreviam, consignando em maior ou menor detalhe o essencial em seu grande caderno.

Sim, Ana, sem caderno, os livros herdados, a vida adulta pela frente, chegou a vislumbrar na literatura em alguns momentos um jeito de falar ao pai, de deixá-lo saber que ela também tinha o que ser recortado para seu diário camuflado no meio de peças íntimas. Essa ilusão durou pouco, contudo, e Ana compreendeu que, se fosse escrever, seria para ela, para seu próprio gozo e escrutínio.

O pai continuaria ausente. Uma ausência invasiva que aos poucos ia se forjando para Ana como um primeiro, de tantos outros, embaçamentos que a partir de então marcariam seu caminho. Lamentava apenas que o pai não tivesse podido ser mais explícito quanto ao ponto, prevenindo-a, para além das mensagens cifradas e por muitas vezes oblíquas dos textos compartilhados, sobre o perigo, a imponderabilidade da travessia.

Para os filhos, mais tarde, Ana falaria do pai apenas quando e se interpelada. E por não estar em fotografias, não ser o herói de nenhuma aventura incrível que impressionasse as crianças e os jovens que iam crescendo, esse pai foi sendo esquecido por nunca ser lembrado. Pelo menos na vida acesa da casa familiar, entre almoços e preparações para festas de aniversário. Henrique e Pedro eram desgraçadamente órfãos dessa referência, de lado a outro da família. Só mais tarde descobririam, pelas troças dos amigos, que tinham sido atingidos pelo pior dos sortilégios. Crescer sem avós e avôs, uma tristeza sem igual.

Para Ana, contudo, esse apagamento do pai na cena privada da família não o deixava mais longe ou opaco. Ele restava ali, como sempre havia estado, do jeito que Ana havia aprendido a cuidar da sua presença ao longo dos anos, mantendo-o, já muito velho, como que dentro de uma canoa pesada de madeira, no meio do rio, sem modo de regresso. Se quisesse contato, que gritasse desde a margem. No mais, tocaria sua vida, com ou sem literatura.

O com literatura, a sua, durou o tempo de um rápido primeiro sucesso, alguns contos e vários rascunhos inéditos sem dia seguinte. O sem literatura estendeu-se vida afora até ali, relegando os livros, dos outros, à cabeceira da cama, competindo ora com o cansaço, ora com a internet, cada vez mais imponente e dominadora.

Frente ao que poderia ser uma frustração intransponível, Ana respondeu com a convicção de quem sabia que, fosse imperioso, pegaria a folha em branco e se deixaria ir. Por mais que se visse tentada por inércia a culpar a falta de tempo, de dinheiro, o excesso do que fazer em casa, com filhos, Carlos, ela não cedia. Tocar a vida, tal como ela se apresentava, é que urgia.

*

Embora tivesse parecido ignorá-la ou sufocá-la em seu turbilhão, a conversa com Lúcia ativou em Ana ouvir-se sem artifícios. A amiga lhe falava por entrelinhas, mas era clara no seu sarcástico conhecimento de causa.

Como espectadora, custava menos a Lúcia perceber em cada passo como Ana tinha moldado sua vida para escapar do que não havia, fosse o pai, a mãe, o calor de uma família que se chamasse por esse nome. Abrigar-se em Carlos, nos filhos jamais sonhados, na vida doméstica sufocante. Proteger-se com o que tivesse à mão e sob controle, como se a carapaça criada desse conta dos desvãos. Como se fosse suficiente.

Teria sido? Sim, talvez tivesse sido, pois que tudo parecia se encaixar bem até um segundo antes do primeiro movimento de ruína. O fim do casamento, o estranhamento com os filhos, o cansaço das horas de repetição com as aulas de língua. Bastou o primeiro, e depois os outros, em cadeia, seguidamente, para que Ana fosse tragada pelos destroços do que tinha imaginado construir em sua romaria de autorreparação.

Aqui também um embaçamento dentre tantos outros: a vida vivida até então não tinha sido simulacro de nada, mas tampouco servia mais para Ana.

A queda da casa familiar, sua fortaleza imaginada, parecia apenas precipitar o que, sendo outra, Ana poderia jogar para debaixo do tapete fingindo não ver, mas que, sendo apenas ela, encarou como uma escolha de mudança. Ela também podia querer outra coisa, dar seu salto, sua pequena epifania.

Sem atraso, sem antecipação, escolhia desarmar uma bomba de efeito retardado que, como bombas de guerras antigas esquecidas em campo minado, talvez não explodissem nunca, mas, caso explodissem, pegariam de surpresa, fazendo vítimas letais.

Correr risco. Quando havia feito isso pela última vez? Não se lembrava. Sua melhor energia havia sido usada justamente para, sempre e a cada vez, ir se adaptando ao novo cenário para que a vida continuasse como tinha que ser. A vida o-mais-completa, a vida correta e sob controle. Era talvez essa ilusão que Ana desejasse, precisasse deixar pra trás, sua vigília contra os vácuos, contra o que faltava.

As crises, o pânico, o adoecimento, mais do que a falta, mostravam o excesso. O que despejava. Ana multiplicada e hiperbólica nos espelhos. Mais pesada do que era no fundo das águas. Guerreira intrépida com sua faca afiada contra raios de luz. A falta, sempre tendo estado lá, não carecia de carta de visita ou autenticação. O excesso é que vinha para revolver e, quem sabe, alterar o rumo das coisas.

O que foi para Ana ter adoecido, sentir-se doente, senão um mergulho para um grande foda-se? O seu primeiro, mas grandiloquente, foda-se, e com ele, quem sabe?, um pouco de saúde. Salvo-conduto tardio para outros desejos e não somente a vida que se organizou sem rotas de fuga.

O que Ana quis a partir dali foi mudança. Que pegasse, então, seus excessos e excedesse, mas diversamente.

145

Os filhos? Que ficassem com Carlos. Por que haveria de ser com ela? Sobreviveriam, Carlos e eles, nesse novo arranjo. Sem desertar, chamaria para a equação seus machos em crise. Crise da meia-idade. Crise da adolescência. Crise que inventa a terra plana e acredita nela.

Sentia-se finalmente pronta a virar a página do casamento desfeito. Aquele encontro já antigo e decisivo que poderia ter durado tanta história a mais, não fossem, justamente, seus atores principais, Ana e Carlos, com o que sobrava. Não havia acerto de contas, não havia dívidas. Cada um seguiria seu caminho, sem reverência ou afeto particular. Valia o que sempre tinha valido até então e não se renegava, nem um centavo a mais para o futuro.

Amantes que se protegeram, se cultivaram, criaram raízes gerando outras pessoas e que agora seguiriam com o tempo batendo em cima, transformando o íntimo em diverso, sem arrependimento. Ana e Carlos, dali pra frente espectrais um para o outro, presentes pelo que não deixava de ser na lida com os filhos, enquanto se rarefaziam de algum modo e sem retorno.

Já há muito na moda ditada por livros, filmes, as mídias todas confundidas, a maternidade perdia ares de nobreza e se falava com rasgada liberdade da exaustão das mães totais, as que não largam o osso. Ana não inventava nada, embora não se pudesse negar de sua parte certo pioneirismo em não ter jamais se torturado por não ter desejado filhos, não ter se realizado com eles ou neles, além de ter achado a gestação e a amamentação um desconforto sem par. Como amar alguém sem nenhum esforço?

Os filhos ficariam bem, como desse, como coubesse na família reconfigurada. Que tivessem o seu caminho e compreendessem, cedo ou tarde, com mais ou menos ajuda ou tropeço, o grande mal-entendido entre pais e filhos e a importância de um ponto de vista, finalmente.

Se Henrique escapava quase completamente às preocupações de Ana, uma questão permanecia quanto a Pedro. O que restava era a confusão entre sua própria vida e a do filho, seus momentos cruzados, e o que ela só viu depois, como o outro lado de uma mesma moeda. Com sua terra plana, ao seu modo, Pedro mimetizava o adoecimento da mãe, sua descida à opacidade entre a verdade, a mentira, a invenção, o tempo real, a virtualidade, a doença, a sanidade, o mundo todo dentro de casa e irreconhecível na calçada. A confusão de Lúcia e de tantos mais.

Se sarassem, talvez tivessem uma chance. Sarar da necessidade de controle, da apreensão da verdade, do medo das ausências. Que pudessem questionar suas certezas como, sabia Ana, faz a literatura para os que gostam dela.

Ela estava no caminho. É certo que estava.

O filho seguiria também, à sua maneira e no seu ritmo, em um sentido de desafio que só fez se acentuar com aquela Ana que se remodelava, que ele e os demais teriam que aprender a reconhecer.

A trégua não viria cedo. Não havia sequer sombra dessa expectativa. Como em uma batalha naval, Pedro ensaiava coordenadas para acertar seu alvo em cheio. Ação errática no colégio, ausência duradoura da casa do pai, queixas de Henrique sobre seu mau gênio.

Foi, contudo, sem sobressaltos que Ana passou a acompanhar a busca do filho desgarrado e pôde mais tarde confirmar em um episódio curioso a dimensão do drama que os unia. No escaninho do apartamento de Lúcia reservado aos correios aportou em um dia como outro qualquer um envelope pardo cuidadosamente fechado, no qual Ana sentiu a forma e o peso de um caderno, e dentro dele o estranho manuscrito: *A vida na borda*, de Pedro Borja.

*

Não se conta a história que não ocorreu e a margem de manobra do narrador é restrita frente à força de um relato que poderia ter sido contado em primeira pessoa.

Ana passaria ainda muito tempo se perguntando sobre a natureza daquele último embaçamento. Por malvadeza, por vingança, por troça? Pedro, seu filho, um fanático, um perverso ou um gozador?

Fato é que ele também, na fronteira, escrevia às escondidas, sintetizando em sua busca pessoal a vida da mãe distante e a do avô não sabido. Ter mantido a família cativa do que parecia ser uma alucinação pode ter sido para ele a maneira de levar seu projeto secreto, com um laboratório pessoal à disposição.

Como compreender alguém que acredita em uma verdade que não é a sua? Sim, seu manuscrito falava da vida na terra plana e dos muitos abismos entre os que têm que se relacionar, não porque desejam, mas porque não podem fazer de outro modo.

Ana poderia especular. De onde essa frieza? Esse cálculo? Mágoa? Competição? Desafio? Ela poderia conjecturar, ir além. Mas no seu processo de cura e sublimação, via-se apenas entorpecida, secretamente triunfante e rendida aos acontecimentos. Escancarada, de modo definitivo e jocoso, a falta de controle e previsão sobre todas as coisas.

Perguntava-se apenas se a felicidade estaria na verdade.

Qual?

...MAS NÃO É MENTIRA

1ª EDIÇÃO (2023)

Este livro foi composto em
Century Supra e Interstate para
a Quixote+Do Editora e impresso
em papel Chambril Avena 80g,
pela Formato Artes Gráficas.

#tudocomeçanalivraria
#quixotedo2023
#étudoinventadomasnãoémentira